걷고 싶은 길

걷고 싶은 길

첫판 1쇄 펴낸날 2006년 10월 20일
첫판 2쇄 펴낸날 2007년 9월 5일

지은이 이일균
펴낸이 강수걸
펴낸곳 산지니
등록 2005년 2월 7일 제14-49호
주소 부산광역시 연제구 거제1동 1493-2 효정빌딩 601호
전화 051-504-7070 | **팩스** 051-507-7543
sanzini@sanzinibook.com
www.sanzinibook.com
편집 김은경·권경옥 | **제작** 권문경
인쇄 대정인쇄

ISBN 89-92235-04-6 03810

값 13,000원

이 도서의 국립중앙도서관 출판시도서목록(CIP)은
e-CIP 홈페이지(http://www.nl.go.kr/cip.php)에서
이용하실 수 있습니다.(CIP 제어번호 : CIP 2006002163)

＊이 책은 문화관광부 지역신문발전위원회의 전국 지역신문 종합평가 결과
경남도민일보가 우선 지원대상으로 선정됨에 따라 지역신문 발전기금 지원으로 출판되었습니다.

걷고 싶은 길

경남·부산의 숨은 산책길

이일균

산지니

길은 휴식이고 상상이다

'길'이라는 말을 들으면 가슴이 설렌다. '떠난다'는 느낌이 연상되는 것이다. 또 있다. 오솔길, 숲길, 강둑길…. 하나같이 휴식을 줄 것 같다. 내 주변에 그런 길이 어디 없었나? 어쩌면 '길'과 가장 잘 어울리는 단어는 '걷다'가 아닐까. 물론 길 위를 달리기도 하지만 '길을 걷다'가 훨씬 잘 어울리는 느낌을 준다. '길'이나 '걷는 것'이나 어느 정도 '인생'의 뉘앙스를 갖고 있기 때문이다. 마치 중학교 교과서에 실렸던 프로스트의 시 '가지 않은 길'처럼. 길은 인생이고, 선택이다. 또 휴식이고, 상상이다.

어느덧 걷는 즐거움을 잊어버리고 사는 사람이 많다. 게으른 탓도 있겠지만 주변에 걸을 만한 길을 잘 모르기 때문이기도 하다. 여기서 길은 단순히 어디로 이동하기 위해 걷는 길이 아니라 산책로가 되겠다. 그렇게 깨달았던 순간 나는 틈이 나면 길을 찾아 걷기로 했다. 몰랐던 길, 알아도 신경 쓰지 않았던 길. 그 길은 산이나 숲 속에 있었고, 바다 주변이나 강둑, 저수지 제방이 되기도 했다. 생각하면 언제나 아늑한 고향 마을길 같기도 했다. 심지어 사람들 붐비는 도심 한가운데가 되기도 했다. 그렇게 길을 찾아 걸으면서 걷는 즐거움을 새삼 알게 됐다.

여기 사람들에게 걷는 즐거움을 되찾아 줄만한 길을 몇 곳 소개한다. 어느 곳이든 제각각 독특한 매력을 풍겼다. 풍경 그 자체로 사람을 위안하는 곳이 있었고, 끊어진 듯한 정적으로 사람을 도시로부터 단절시키는 곳도 있었다. 이건 너무나 단절돼 아예 사람을 무섭게 하는 길도 있었다. 성격이 워낙 독특해 사람을 빨아들이는 곳도 많았다. 길 하나하나의 소품, 역사, 사람을 관찰했다. 그리고 길 하나하나의 테마를 상상했다.

사람을 빠지게 하는 길은 몇 가지 요건을 갖추고 있다. 일단 걸을 만한 길이가 돼야 한다. 5분도 못 가 처음 느낌을 잊게 하는 길은 추천할 만한 곳이 못된다. 최소 30분에서 최대 2시간까지 처음 느낌이나, 그보다 더 좋은 느낌으로 변화하는 길을 골랐다. 또 한적하거나, 붐비거나 간에 길 자체의 맛을 충분히 갖추어야 한다. 가령 걷는 사람으로 하여금 '심연'을 느끼게 하는 길이 있다. 마음 깊숙한 곳을 들여다보게 해 주는 길은 어느 정도 길이가 있고, 도시의 소리를 차단해야 한다. 또 어떤 길은 그곳의 '정취'를 사람에게 준다. 그 길은 주제가 있어야 한다. 무심코 지나쳤던 길, 미처 알지 못했던 길의 재미를 찾아 발걸음을 옮겨 보자.

글을 시작하기 전에 이 책이 지역신문발전위원회의 지원으로 만들어졌음을 먼저 밝힌다. 또 글의 내용 속 약도는 경남도민일보에 연재됐던 그림이며, 이 신문의 만평을 그리는 권범철 화백과 서동진 기자가 약도를 만들었다.

2006년 10월

이일균

차례

물길

산사 가는 길

마을길

숲길

마산 봉암동 수원지에 이르는 길

내, 깔려 죽어도 물길을 만들 것이다. 구릿빛 어깨와 팔뚝엔 어느새 번들번들 땀이 흘렀다. 몇 시간을 팠을까. 바위가 자신을 향해 기우는 듯 했다. 불안했다. 끝내 매듭을 짓듯 정으로 일격을 가했다. 순간 뱀등 같은 땅의 맥이 꿈틀 하고 솟아올랐다. 다시 두 손으로 정을 움켜쥔 그는 한 치나 뛰어올라 움틀했던 뱀등에 정을 꼽았다. 뱀등에서 터진 피 같은 물이 마침내 그의 머리를 쳤다. 물길이 솟구쳤다.

– 상상 속의 수원지 길

마산 사람들의 물길

마산시 봉암동 수원지 가는 길은 도심 속 시민들 가까이 있다. 한두 시간 틈을 내 이곳을 찾아 걸으면 5분 이내에 도시와 단절된다. 이 길은 마산자유무역지역 3공구 정문 맞은편 산해원교회 옆에서 시작된다. 수원지에 이르는 2km의 길을 천천히 걸으면 왕복 한 시간가량 걸린다. 길 입구에서 처음 나타나는 모퉁이를 지나면 도시의 소리가 사라진다. 봉암로의 차량 소음도, 봉암공단의 기계음도 들리지 않는다. 대신 계곡의 물소리, 새소리가 귓전에 다가선다. 짧은 휴식을 줄 듯 하다.

봉암 수원지 여름 숲길

이곳은 삼림욕장으로도 소개된다. 소음을 감추는 가장 큰 역할을 숲이 한다. 곧고 빽빽하게 들어선 나무와 녹음 때문에 걷는 사람들은 "마산 도심에 이런 곳이 있는지 몰랐다"는 말을 한다. 길을 걸을수록 숲은 깊어진다. 2㎞를 걸어 수원지에 이르면 넓은 터와 녹음이, 녹음과 계곡이 마지막으로 어우러진다. 이곳에서 사람들은 어느 새 충만해진 정서를 느낀다. 어느 자리에 앉아 멍청하게 한 곳을 응시하면 머릿속은 표백된다.

수원지 제방 한쪽에 처음 만들어진 때가 1928년이라고 씌었다. 당시에는 40만t의 물을 저수해 3만 명의 마산시민들에게 공급했다. 그렇다면 그 전에 이 길은 없었을까. 수원지가 팔용산 구석진 곳에 들어선 이유도 궁금해진다. 아마 작은 못이라도 있었을 거고, 그 못에 이르는 오솔길도 있었으리라. 산중 작은 못과 거기에 이르는 오솔길에는 숲처럼 소담하거나, 시퍼런 물처럼 애처로운 이야기 하나쯤 있을 법도 하다. 수원지는 사람들을 상상하게 한다.

터진 뱀등으로 물길이 치솟아

상상은 나래를 펼친다.

'벌써 1년 전에 말라버린 계곡은 뼈만 남은 채 산 아래로 내려온다. 먼지가 나풀거리는 길도 아래로 내려온다. 그는 그렇게 산 전체가 아래로 내려오는 속에도 길을 거슬러 오른다. 땅만 쳐다보고 걷는 길에 어깨가 들썩인다. 어제도, 그제도 그랬다. 하루도 빠짐 없이 그렇게 걸어

오른 날이 벌써 달포다. 그가 짊어 맨 지게엔 낫과 톱, 도끼 같은 연장에 팔뚝 두께에 어른 키만한 정이 하나 올려져 있다.

간밤엔 꿈도 예사롭지 않아 한 번씩 앞을 향하는 그의 눈이 이글거린다. 점점 더 깊어진 산 중턱 계곡 옆에 자리를 잡은 그는 이내 정을 불끈 쥐어든다. 며칠째나 그렇게 정을 꼽았는지 계곡 옆 이곳저곳이 파헤쳐져 있다. 오늘은 간밤에 나타난 어른 말대로 산만한 바위 밑을 파리라. 깔려 죽어도 물길을 만들 것이다.

구릿빛 어깨와 팔뚝엔 번들번들 땀이 흐른다. 몇 시간을 팠을까. 바위가 자신 쪽으로 기우는 듯 했다. 불안하다. 그러나 정으로 매듭을 짓듯 일격을 가한 순간 뱀등 같은 땅의 맥이 움틀 하고 솟아오르는 느낌이 들었다. 오냐 기다려라. 두 손으로 정을 움켜진 그는 한 치나 되는 높이를 뛰어올라서는 움틀했던 뱀등에 정을 꼽았다. 솟구쳤다. 뱀등에서 터진 피같은 물길이 그의 머리를 쳤다.'

머릿속 상상의 이야기처럼 수원지는 그렇게 숨통을 틔우듯 시원하게 펼쳐졌다. 저 아래 산해원교회 입구에서 길을 걸은 지 30분 만이다. 계곡 속에서, 길을 따라 펼쳐지는 숲 속에서 수원지는 활짝 열려있다.

수원지를 끼고 도는 길

시간이 허락되면 수원지를 끼고 도는 길을 더 걸을 수 있다. 좁은 길이 그간의 나른함을 줄이긴 하지만 호수가 펼쳐지는 풍경을 끼고 걷는 것도 드문 일이다. 20분가량 호숫길을 걸으면 산과 수원지가 만나는 너른 잔디밭이 있다. 산과 호수로 둘러싸여 옴폭한 이곳에는 어느 정도 정적이 흐른다. 우거진 숲이 아니고, 때로 등산객을 만나기 때문에 심연에 가까운 정적은 아니다.

시원한 수원지의 담수. 담수는 마른 목구멍을 뚫을 듯 시퍼렇다. 잔잔한 물길 도는 길로 또 30분을 걸어 수원지 끝에 닿았다. 물길을 찾은 통쾌함이 잦아든 수원지 끝에는 소리 하나 들리지 않는다. 가끔 등산객

수원지 안길

이 지나갈 뿐, 정적은 늘 곁에 있던 일상처럼 그곳에 자리잡았다. 완벽한 단절감이다.

평일 점심시간에 수원지 산책로에는 얼굴 밝은 직장인들을 자주 만난다. 모처럼의 산책과 녹음이 사람의 표정을 바꾼다. 뛰는 사람도 있지만 그 모습을 보면 마음이 급해지는 것 같아 별로다. 수요일이나 목요일 점심시간쯤 이곳에서 보내는 한 시간은 남은 일상에 여유를 준다. 주말에 이곳을 찾는다면 걸음걸이도 더욱 느릿느릿해지겠다. 마산과 진해, 창원의 끝 글자를 딴 산해원교회에서 길이 시작되듯 이곳은 세 도시의 중심에 있다. 그만큼 많은 사람들이 찾을만한 거리에 수원지 가는 길이 있다.

창원 자여에서 우곡사 오르는 길

길은 산의 가파른 위엄을 향해 정면으로 달려들지 않는다. 길은 산허리의 가장 유순한 자리들을 골라서 이리저리 굽이친다. 산봉우리를 마주 넘지 않는다. 산꼭대기에 오르지 않으면서도 어느새 고갯마루에 이르러 마침내 모든 산봉우리들을 눈 아래 둔다. 느리고도 질긴 길은 산을 피하면서 산으로 달려들고, 산으로 들러붙는다.

- 김훈의 『자전거 여행』 중에서

창원의 드문 정적 우곡사 길

창원 자여에서 우곡사 오르는 길은 그렇게 끊어질 듯 이어진다. 창원에서 도로를 얼마 벗어나지 않은 곳으로 이렇게 끊어진 듯한 정적을 느낄 수 있는 곳은 없다. 동읍 자여에서 우곡사를 거쳐 봉림산 능선에 이르는 길은 등산로라기보다는 산책로에 가깝다. 산허리까지 가파르지 않게 이어지는 길은 유순한 자리를 골라 이어지는 길의 속성을 닮았다.

자여라는 예쁜 이름의 마을에서는 서천못을 끼고 도는 길이 한적하다. 다만 길 양쪽으로 나무가 없는 것은 아쉽다. 길 옆 국방연구원 안쪽 아름드리 나무를 죄다 옮겨 심고 싶다. 그런 아쉬움을 달래는 듯 찰랑

자여 마을에서 우곡사 오르는 길

찰랑한 서천못은 보기에 건강하다. 70년 됐다는 이 못은 길 오른쪽 국방연구원의 철조망까지 이해시키고, 조화를 이루게 한다.

어느 정도 길을 걷는 데 적응이 되면 상상을 할 수 있다. 달리기에 미친 사람들이 5㎞ 지점에선가, 10㎞에선가 희열 같은 것을 느끼는 것과 같다. 나무 없는 철조망 옆길을 걸으면서 사람들은 나무를 상상한다. 여기엔 한 때 나무가 있었겠지. 쭉 뻗은 느티나무가 보기에도 시원했겠지. 흔했던 플라타너스가 왕성한 생명력을 뽐냈을까. 벚나무 같은 가로수가 위로 넝쿨을 쳤을 수도 있겠지. 아니면 그냥 소나무 숲 사이로 작은 오솔길이었을 수도 있었을 거고. 이 정도 골짜기였다면 큰 나무 사이 풀숲이 녹음을 이루고, 저렇게 졸아든 계곡도 제법 넓었을 것 같다.

길은 상상의 공간

나무는 왜 사라졌을까. 국방연구원이 들어서면서 옆길을 정리했을 수도 있겠다. 아뿔싸, 그 때 길옆 가로수를 베었겠구나. 나무 위에 올라서서 연구원 안이라도 정찰을 하는 일을 당연히 막으려고 했겠지. 아니, 나무를 벤다는 결정을 아주 어렵게 했을 수도 있다. 나무를 베는 일은 하지 말자. 간격을 두고 담벼락을 치면 정찰을 하는 일은 없을 것 아닌가. 이런 입장이 쉽게 나무를 베자는 주장을 어느 정도 제지하는 것이다. 오히려 뒤쪽 주장이 처음엔 힘을 얻었을 수도 있다. 주민에게나 연구원들에게나 더 좋은 일이었을 테니까. 나무가 그려진 그럴 듯한 조감도도 따랐을 것이다. 그러나 그렇게 결정되려는 순간 일은 그르쳐진다. 일을 단순하게 처리하는 것이 상책이라는 논리에 밀린다. 어디 연구원 외곽에 가로수란 말인가. 젠장, 조금이라도 버텼으면 아줌마들이 지금 저렇게 온 얼굴을 감싸고 산책을 하는 일은 없었을 텐데.

그렇게 30분을 걸으면 우곡사 입구의 녹음이 시작된다. 나무 없는 길에서 상상됐던 나무들이 기다렸다는 듯 하나 둘 등장한다. 은행나무와 느티나무, 소나무를 볼 수 있다. 절 가까이에는 참나무까지 나타난다. 기다린 듯 나타난 길 양쪽의 나무들이 머리 위로 엉켜 시원하다. 자여마을이 농촌지역인데다 30분을 더 들어온 우곡사 입구에는 어느덧 차량의 경적이니, 공장의 기계음이 사라졌다. 창원인데도 제법 깊은 산골짜기 같다는 느낌이 들 때 우곡사는 슬며시 나타난다. 신라시대 무염이 지었다는 천년고찰이다. 이곳은 물맛이 좋아 사람들이 물통을 들고 찾는다.

절에서 숨 돌리고 산길을 오른다

길을 걸은 지 30분가량 지났다. 숨도 돌리고 목구멍의 갈증도 풀 겸 우곡사 약수터에 앉으면 새삼 골짜기의 길이를 실감한다. 시원스레 물을 마시고 무심하게 쳐다보는 맞은 편 골짝은 여느 도심의 산중 경치와 다르다. 마치 심심산골처럼 깊어 뵌다. 어디 멀리 온 것 같은 느낌마저 든다.

여기서 우곡사 왼쪽 봉림산 등산로를 선택한다. 오른쪽 등산로는 가파르다. 들어선 길은 아예 하늘을 가린 숲이 여느 등산로와 다름없다. 그러나 가파르지 않는 등산로가 그냥 걷는 길의 느낌을 준다. 점점 산이 깊어지고 계곡의 물이 흘러 도시의 소리를 잊는다. 10분을 오르니 마른 계곡으로 물소리마저 끊긴다. 차라리 잘됐다 싶게 소리가 사라진 길에는 가끔 새소리가 빈곳을 메운다. 소음에 길들여져 있는 귓전에는 그래도 '우웅' 하는 공명이 남아 있다. 그래서 도시와 단절됐어도 잠시 필름이 끊어졌다는 느낌이 들 뿐 도시는 계속되는 듯 하다. 나는 점점 숲 속으로 빠져들고 있는 걸까.

우곡사에서 등산로를 따라 다시 30분을 걸으니 정병산 산등성이다. 숲 속의 정적에 빠져들 참이었는데 아쉽다. 그러나 그곳도 몇 겹의 산을 볼 수 있을 정도로 완벽한 산중이다. 거기서 봉림산 정상을 향하는 오른쪽 등산로를 타면 곧장 펼쳐지는 창원시내의 전경을 실감할 수 없을 정도다. 아무래도 오른쪽 등산로는 도시와 다시 만난다는 점에서 탐탁찮다. 때문에 이곳에서는 진례산성을 향하는 왼쪽 등산로로 빠지는 것이 기왕 정적에 빠져든 분위기를 살린다.

진해 장복산 옛 국도

나는 한 발을 다른 발 앞에 놓으면서 행복을 찾는다. 지구의 표면에서 다리를 움직이며 나의 존재 이유와 매일의 환희를 누린다. 걷는 것은 인생의 은유다. 사람은 무엇을 향해 걷는가? 목적지는 중요하지 않다. 중요한 것은 오직 우리가 걷는 길이다. 나는 걷는다. 그러므로 존재한다. 한 발을 다른 발 앞에 놓으면서 존재를 증명한다. 걷기는 세상의 가장 희한한 종이 진화한 역사의 결과다.

— 이브 파갈레의 『걷는 행복』

장복산 벚꽃길

벚꽃 숲에서 벗어난 장복산 옛 길

진해에서든, 창원 양곡에서든 장복산 오르막길 국도는 숨차다. 한숨 돌릴만한 옛 길이 있다는 생각이 불현듯 떠오른다. 진해 쪽에서는 장복산 검문소 못미쳐 오른쪽으로 빠지는 길, 창원에서는 양곡을 갓 벗어나 왼쪽으로 꺾어드는 옛 국도다. 이 도로에서 한 시간가량 걸으며 머리를 식힐만한 곳이 검문소에서 옛 장복터널까지 채 1㎞가 되지 않는 구간이다.

알려진 대로 이곳은 아름드리 벚꽃 길의 전형이다. 4월 초 벚꽃 한 철 때에는 마치 벚꽃의 역사라도 되는 양 오래된 벚꽃 나무가 하늘을 가린다. 그러나 4월이 지나고, 벚꽃이 지면 잊혀지는 이 길을 얼마 전부터 사람들이 띄엄띄엄 찾기 시작했다. 고즈넉하기만 했던 이 길의 아래위에 '조각의 숲' 이, '명상의 숲' 이 들어섰다.

조각의 숲은 정비되지 않았지만, 하나 둘 작품이 들어서고 있다. 그래서 이곳 저곳 들어선 작품도 '완성품인지, 진행중인지' 헷갈리는 문외한의 재미를 느낀다. 고개를 떨구고 두 손을 곧게 쳐든 3명의 나신상은 유독 눈길을 끈다. 제각각 색깔이 다르다. 은색에 갈색을 띤, 갈색에 금색을 띤, 아예 금색을 하고 있다. 왜 그런지 1979년 태풍 '주디' 때 장복산 터널 일대에서 숨졌다는 병사 생각이 나게 한다.

맞은 편 명상의 숲 속 편백나무는 측은하다. 호리호리 하기만 한 어린 나무가 앞으로 어떻게 살을 찌울지 안쓰럽다. 명상의 숲이 이제 시작됐다는 의미이기도 하다. 숲 속 그네나 벤치는 마음을 한가하게 한다. 곳곳에 스피커가 있어 부드러운 음악이 흐른다. 명상의 숲 사이로 곧게 올라가는 등산로를 발견할 수도 있다. 제대로 채비를 하고 등산을 하는 사람들에게 물으니 "장복산 정상에 오르는 길"이라고 했다. "높이가 550미터인가, 580미터인가 뭐 그 정도 될 거요"라고 덧붙였다. '그깟 게 무슨 의미냐'는 말투였다.

세월 속에 묻힌 희생

그렇게 이곳저곳 기웃거리며 옛 장복터널 쪽으로 계속 걷는다. 차가 별로 다니지 않는 터널을 보고 있으면 걸어 들어가고 싶은 마음이 든다. 이럴까 저럴까. 고민하는 사이에 터널 앞 비석에 눈길을 준다. 비석 속에 8명의 병사가 있고, 1979년 8월 몰아쳤던 태풍 주디가 담겨 있다. 설명이 이어졌다.

"태풍으로 마진터널 통행이 중단됐으나 차량은 막무가내였다. 차를 포기한 사람들은 걸어서 터널을 지나려 했다. 그 와중에 터널 입구에서 군사도시 진해 출입을 통제하던 병사들의 고초는 극에 달했다. 결국 태풍은 무사히 지나가지 않았다. 차량과 인파는 무사했다. 그러나 병사 8명은 끝내 무너져 내린 장복산 흙더미에 깔려 숨졌다."

비석의 짧은 글은 현장의 상황을 생생하게 전해주지 못했다. 의로운 죽음을 추념한 글에 걸맞게 절도와 절제의 예를 앞세웠기 때문이다. 당시의 모습을 조금 더 길게 설명했더라면 하는 아쉬움이 남는 건 어쩔수 없다. 그들이 희생된 시간과 구체적인 지점, 당시의 상황들. 사자의 포효와 절규가 마치 들려오는 듯 했다.

장복산 조각공원

사람들 흔히 걷는 터널 속

차를 타고 이곳을 지날 때 한두 번 터널 속을 산책하던 사람들을 봤다. 창원 쪽에서, 혹은 진해 쪽에서 반대 방향으로 걷기 운동을 하는 중으로 보였다. 처음엔 '정말 열심이다' 싶었다. 그런데 생각할수록 그 기분이 묘할 것 같았다. '차도 사람도 없는 상태에서 혼자 터널 속을 걷는다면 어떤 기분일까?' 오늘 마침 그 기회를 잡았다.

터널 속은 묘하다. 앞뒤가 보이기 때문에 단절감은 깊지 않다. 어느 지점에서 돌아가려니 터널 저쪽이 가까워 보인다. 어차피 계속 갈 수밖에 없다. '휴' 하며 터널을 벗어나면 창원과 마산 쪽 옛 길이 정겹다. 곳곳의 노점은 고픈 배를 더욱 출출하게 한다. 벚나무 아래 차량 속에서 단잠을 자는 사람이 부럽다.

한창 벚꽃이 만발할 때 장복산의 이쪽 저쪽은 색깔이 다르다. 오늘 처음 걸었던 진해 쪽이 많은 사람으로 완연한 공원의 모습이라면 창원 쪽은 그보다 한적한 곳이 되어 날리는 꽃잎을 머리에 얹을 수 있다. 어디 노점 한쪽 의자에 앉아 막걸리 한잔 한다면 세상에 부러울 게 없다.

사람들은 어느 방향이든 장복산 터널을 지나게 될 때 한번쯤 생각하게 될 것이다. '옛날 길로 한번 가볼까?' 그곳에 벚꽃잎 날렸던 추억이 있고, 바쁜 생 한 박자 쉬고 갈만한 여유가 있다. 그리고 걷고 싶은 길이 있다.

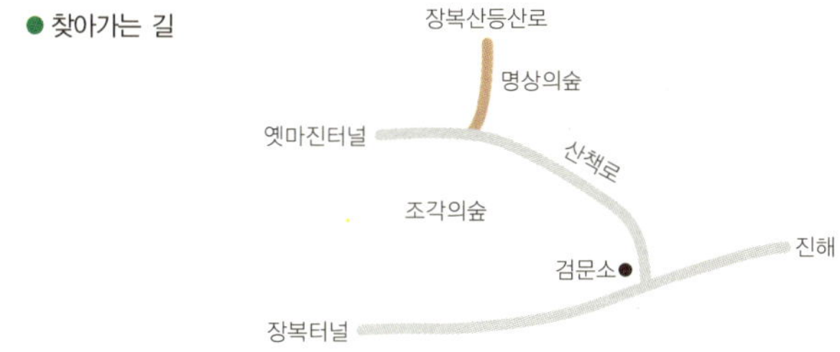

마산 진북면 편백나무 숲길

> 하루 하루의 삶 속에서 우리는 스스로 고통을 드러내지 않는 것들과 의식적으로 접촉해야 한다. 푸른 하늘, 맑게 노래하는 새, 나무와 꽃, 어린 아이…. 주변을 신선하게 해주고, 치유해 주는 것들. 능히 거름이 되는 것들을 늘 접해야 한다. 하늘을 보고, 나무와 꽃을 접하는 사람들은 치솟는 '화'를 처리할 수 있다.
>
> — 탁닛한의 『화』

'화'를 풀어주는 진북 편백나무 숲길

탁닛한은 화를 다스리는 도구로 '의식적인 호흡과 걷기'를 추천했다. 화가 머리끝까지 솟은 순간 한 번 숨을 들이쉬면 분노한 자신을 느낄 수 있다 했다. 숨을 내뱉으면 분노의 대상을 자각하게 된다. 그렇게 호흡을 세 번 반복하면 자각을 유지한다. 분노의 현장을 벗어나 한 발 내딛으며 숨을 들이쉬고, 또 한 발 내딛으며 숨을 들이마신다.

마산시 진북면 편백 숲은 화가 날 때 쪼로록 달려갈 만큼 가깝지 않다. 그러나 30만 평의 편백 숲은 너른 터만큼 사람에게 의식적인 호흡을 하라고 가르친다. 사람의 손으로 만들어진 편백의 숲이 그렇게 자연을 가르친다는 것이 신기할 뿐이다.

마산-통영 간 국도상의 진북면 갈전삼거리에서 10분을 달리면 금산마을이 나온다. 마을길을 한참 지난 뒤 편백나무 숲길에 들어서기 전에 묘법사 입구와 만난다. 비탈길이지만 묘법사에는 잠깐이면 오른다. 오른쪽에 대웅전, 왼쪽에 일반 주택이 있다. 노곤한 볕이 내려 쬐는 대웅전의 모습은 그림 같다. 다시 내려와 본래 길로 10분을 오르면 편백 숲의 주인집이 보인다. 사유지인 만큼 가능하면 만나서 양해를 구하는 것이 좋다. 혹 만나지 못하더라도 안전을 위해 연락을 해두는 것이 좋다.

30년 공을 들여 조성한 숲

묘법사나 편백 숲이나 모두 평지산에 있다. 산 중턱 묘법사 입구에서 산 전체를 아우르는 아득한 너비에 편백나무 숲 임도가 놓여 있다. 족히 1시간 30분 걸리는 길을 걷는 기분은 곳곳에서 다르다. 신비하기도 하고, 낙원 같기도 하다. 그렇지만 마냥 좋은 기분은 아니다. 외딴 길에 산짐승이 나타날 것 같아 더럭 겁이 나기도 하는 길이다. 임도를 따라 이쪽 골짜기에서 저쪽 골짜기를 쳐다보면 엄청난 편백나무 숲의 너비에 혀를 내두르게 된다.

빽빽이 들어선 편백나무 숲 속을 가만히 보면 그 사이에도 길이 있다. 나무 자체가 곧은데다, 워낙 질서 있게 심겨진 나무의 배열 때문이다. 나무가 들어선 모양과 나무 사이의 길을 보면 처음 이곳에 편백나

편백나무 숲길

무를 심은 고 이술용 씨(1993년 작고)의 모습이 그려진다.

30년 전 지금 보이는 그곳에 무엇이 있었는지 몰라도 그는 홀로 섰을 것이다. 길을 찾고 수풀을 헤치며 하나하나 편백을 심었으리라. 왜 그렇게 너른 땅에 나무를 심으려 했는지, 하필 편백나무인 이유는 무엇인지 나중에 주인을 만나면 내력을 물어보면 된다. 가능하면 숲을 다 돌고 물어보면 더 생생하다.

이술용 씨의 아들 되는 주인 이민규(51) 씨는 사람이 많이 찾는 것을 좋아하지 않아 보이지만, 굳이 외면하려 하지 않는다. 숲의 주인은 어울리지 않는 단어의 배열 같다. 숲에 주인이 있다니, 거닐기 거북하다는 느낌도 준다. 그러나 점점 더 높고 깊어지는 편백나무 숲길을 걷다 보면 가까이 주인집이 있다는 생각은 뭔가 안도감을 준다.

숲은 깊고 나는 적응한다

언제 어디를 걷든 그 길에 어느새 적응된 순간을 느끼게 된다. 그 순간부터 어색함과 두려움은 서서히 모습을 감춘다. 도시의 소리가 아득해진 길을 걸으면서 내가 미친 듯 화를 낸 여러 순간을 생각한다.

특히 뿌리 깊게 축적된 불만이 사소한 한 순간에 분노로 폭발했던 순간들이 되새겨진다. 화를 처리는 방법을 모르는 우리네 보통사람들은 어쩔 수 없이 고통을 당하게 된다. 화가 난 그 순간을 모면하기 위해 독설을 퍼붓게 되지만, 어차피 그 앙갚음은 고스란히 돌아온다. 고통은 고통을 낳고, 상처는 더 큰 상처가 된다. 반복되는 악순환을 탁닛한은

이렇게 벗어나라 했다. "화가 솟은 순간 15분쯤 의식적으로 호흡하고
걸어라".

숲이 깊어질수록 편백나무 냄새가 짙어진다. 쓴내가 코끝을 찌른
다. 깊이 들어왔다는 느낌을 냄새가 부추긴다. 숲의 어느 지점인가 만
나게 될 계곡은 쉬어 가는 자리가 된다. 그리고 이렇게 생각한다. 사람
들은 나이가 들면 흙을 찾는다. 이웃에 빈터를 만들어 상추나 고추를
가꾼다. 조금 더 생각을 키우면 어느 산모퉁이에 숲을 만들 수도 있지
않을까.

주인집에서 한참을 올라온 길은 산모퉁이를 아예 돌아가는 임도와
편백숲 외곽 길로 갈라진다. 외곽 길을 따라 걸으면 걸을수록 단절감은
분명해진다. 너무 벗어난 게 아닐까. 그러나 어느 듯 숲길은 내리막을
치닫고, 골짝의 물소리가 정수리를 때린다. 임도를 제대로 걸었던 사람
들은 그제야 안도하게 된다. 아, 돌아 왔구나!

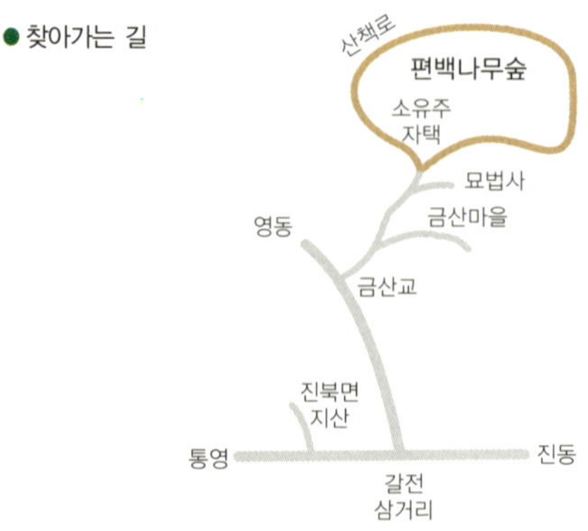

창원 달천계곡에 빠져들다

마음이 끌리는 나무를 찾아 그 앞에 선다. 나무의 양쪽에 손을 대고 편안히 쭉 편다. 머리를 뒤로 젖히고 가지와 잎사귀의 움직임을 관찰한다. 움직임에 따라 몸을 흔들면서 점차 나무의 일부가 되어 느낀다. 눈을 감고 그 움직임에 자신을 맡겨 흐느적거린다. 나무의 섬세한 움직임은 나의 에너지가 된다.

– 패트리스 부샤르동의 『나무의 치유력』

빛을 머금은 달천계곡의 소나무

산의 중턱부터 눈에 띄게 숲이 깊어지는 창원의 산 '천주산'. 특히 창원시 북면 외감리 달천계곡 쪽에서 산을 오르면 중턱에 별도의 삼림욕장이 있어, 나무의 진가를 실감할 수 있다. 달천계곡은 마산·창원 도심에서 한 시간 안에 닿을 수 있는 곳이다. 계곡 입구 주차장에서 일찌감치 차를 막아 느낌이 좋다. 산책로에 차가 다니는 것만큼 기분 나쁜 일은 없다.

'천주산 용지봉 2.7㎞'라는 푯말을 눈에 담고 걷기 시작한다. 일찌감치 시작된 숲에다 곳곳에 흙길, 길 폭도 웬만하다. 눈이 시린 5월의

천주산 달천계곡

신록을 느낀다. 크지도 작지도 않은 소나무가 숲 속 곳곳에서 눈에 띤다. 잎사귀가 반짝거리는 듯 하다. 소나무는 껍질에 빛을 머금는 능력이 있다고 한다. 그래서 '빛의 나무' 라 불리는 소나무는 생명력의 상징이기도 하다. 계속 따라오는 고속도로 통과구간의 소음은 찜찜하다.

'정상 2.3㎞', 천주산 삼림욕장 시작 푯말부터 길은 다른 모습이다. 사람 길과 물길이 바로 옆에서 방향을 달리해 흐른다. 도로의 소음은 물소리에 서서히 잠긴다. 제대로 된 산책로가 그렇게 시작된다. 팽팽한 얼굴에 수염을 길러 도무지 나이를 분간할 길 없는 남성이 계곡에 발을 담그고 있다. 바위 위에 누운 여성도 얼굴에 수건을 덮어 나이를 짐작할 길 없기는 마찬가지다. 태평할 뿐이다. 잠깐 쉬었다 걸었더니 조금 더 걸었으면 싶은 지점에서 등산로와 물길이 방향을 달리 한다. 물길 옆에는 조그만 오솔길이 나 있다.

길을 계속 걷고 싶은 유혹

오솔길은 물길을 따라 가냘프게 계속된다. 좁고 험한 길은 사람을 불안하게 하지만 어떤 광경이 나올까 궁금증을 불러일으킨다. 물길이 그 근원을 찾아 점차 좁게 계속돼 듯 오솔길도 근본을 찾아 오르는 듯 하다. 길은 더욱 좁아지고 인적은 끊겼다. 길을 덮은 나무 잎사귀가 걷는 사람 볼을 때린다. 곳곳에 거미줄이 머리에 엮이기도 한다. 그래도 뒤돌아 설 수 없는 것이 사람 심리다. 도대체 뭐가 나올까.

길은 길로 이어진다. 점점 좁혀져 마침표를 찍을 것 같던 길이 아스라이 살아나 다시 넓은 길로 합류했다. 천주산 정상 가는 길이다. 천주산 가는 길은 산의 저쪽 소답동이나 마산 구암동에서 시작되듯 산의 이쪽 북면 달천계곡에서도 길을 만드는 것이다. 굳이 정상을 향하기 싫다면 여기서도 삼림욕장을 찾아들 수 있다. 저 아래 계곡과 엇갈리는 지점에서 시작됐던 삼림욕장이 이곳 산의 허리까지 이어지기 때문이다. 그렇게 땀이 솟을 즈음에야 다리에 제법 힘이 오른 느낌을 받게 된다.

'달천'은 이름 그대로 '천에 이르는 곳'이다. 조선 숙종 때 재상을 지낸 미수 허목 선생이 '조광조의 난' 이후 낙향해 이곳에 머물렀다. 그에게는 13명의 제자가 있었다. 계곡의 한쪽에 그를 기린 비석이 있고, 그 옆 계곡에 선생이 직접 '達川洞'이라 새겨 넣었다. 그 밑에는 제자들이 각각 자기 이름을 돌에 새겼다. 한쪽에서 선생이, 그 밑에서 제자들이 글을 새기는 모습을 연상하는 것은 재미있다.

흔적을 남긴 메시지는?

무슨 의도였을까. 그렇게 이름을 파려면 시간도 꽤 걸렸을 것 같다. 인근 새터마을 정각에는 선생과 13제자의 행적이 기록돼 있다니 참고할 만하다. 궁금한 건 굳이 바위에 이름을 새긴 메시지다. 일종의 결의였을까? 후세를 향한 기록이었을까? 아니면 누구나 가벼이 바위에 이름을 새기고 싶은 욕구의 분출일까?

이곳의 삼림욕장은 천주산 용지봉을 2.3㎞ 남긴 지점에서 입구를 찾을 수 있다. 천천히 걸으면 30분 이상 혜택을 누릴 수 있다. 정상 2㎞

지점에 출구가 나온다. '만남의 장소', 약수터, 운동기구를 모아 놓은 곳 등 다양한 쉼터가 있다. 달천계곡이 주는 또 하나의 선물이다. 아름드리 고목이 즐비한 것은 아니다. 곳곳에 나무와 함께 호흡할 수 있는 장소, 그리고 쉼터나 운동기구 같은 게 잘 짜여져 있다. 조금 더 시간이 지나면 나무의 생명력이 더욱 절실하게 느껴질 것 같다.

달천 가는 길에는 시내버스가 많다. 마산에서 외감마을 입구까지 가는 일반버스와 좌석버스는 경남대에서 출발한다. 창원에서는 대방동이나 남성동 등지에서 외감마을 입구까지 운행한다.

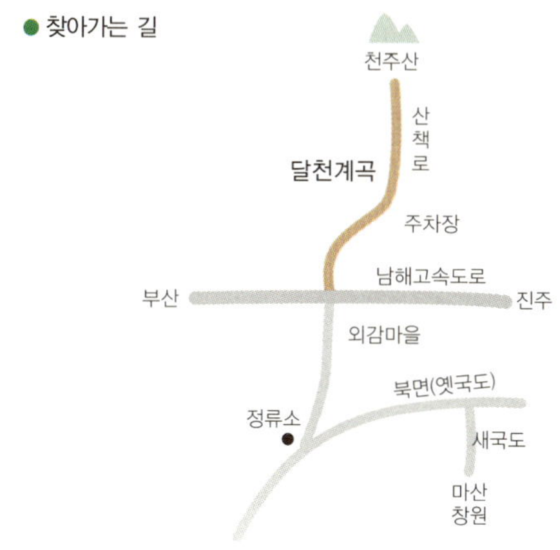

진주 가호동 대나무 숲길

하루 평균 30분 이상 걷는 사람들은 엉긴 피에 따른 뇌졸중 발생 가능성이 40% 낮다. 혈압이 내려가고, 콜레스테롤 수치와 혈액 점도가 떨어져 심장마비 가능성이 50% 이상 낮아진다. 과체중과 당뇨, 골다공증과 관절염 등의 증상이 현저히 떨어진다. 일주일에 5일씩, 30분만 걸어도 걷기의 효험을 얻을 수 있다.

– 성기홍의 『걷기혁명 530 마사이족처럼 걸어라』 중에서

길에 따라 달라지는 사람들의 이야기

걷는 길에 따라 사람들 하는 이야기가 달라진다. 오랜만에 만난 친구 둘은 그 길에 오르기 전에는 딱히 화제를 모을 수 없었다. 그러나 왔다갔다 한 시간 삼십 분 걸리는 산책길에 들어오니 이야기가 슬슬 풀렸다. 산과 산 사이, 숲과 숲 사이 신작로처럼 넓은 산책로가 사람 속을 틔웠다. 수십 종의 대나무가 길 양쪽에 빽빽이 늘어선 산책로가 푸근했다. 친구 둘은 처음에 "세상 살기 힘들다"고 했고, 나중에는 길 때문에 마음이 풀려 "어려워도 옛날에 했던 공부를 제대로 해야 안 되겠냐"라며 의지를 세우기도 했다.

구갑죽

　진주시 가호동 연암공업대 입구 도로를 들어서면 가운데쯤 왼쪽에 '남부삼림연구소'가 있다. 작은 수목원이다. 느낌 좋은 수목원 입구에는 두 갈래 길이 있고, 오른쪽이 수목원을 옆으로 끼는 산책로다. 다른 절차 없이 일반 시민들이 언제든 이용하는 것이다. 약간 추운 날씨에도 오르내리는 사람들이 제법 많다. 1만 7000명이 넘는 가호동의 인구 때문일까. 수목원과 함께 하는 산책로의 정감 때문일까. 둘 다 이유가 되

가호동 대나무숲

겠지요.

등산로 같지 않은, 그렇다고 '오솔길' 같지도 않은 신작로를 연상하게 하는 길이었다. 사람도 많고 해서, 마치 시골 장터길 같다. 며칠 전 내린 눈이 땅 속으로 죄다 스몄는지 길은 말랑말랑하다. 하나는 일 때문에, 또 하나는 일을 맡기기 위해 만난 친구 둘은 그때까지 서먹서먹 걷기만 했다. 한 2년 만에 만났다고는 하지만 인사 몇 마디 하고 나면 무에 그리 할 말이 있을까. 그냥 주섬주섬 중간에 끊기는 대화 몇 마디 나누고는 곧장 길을 걸었다. 10분 뒤에 길이 갈렸다.

대나무 숲길 왼쪽

오른쪽 석류공원 길은 한 시간, 왼쪽 가호동 동사무소 가는 길은 30분 정도 걸린다고 했다. 방금 올라온 길보다 약간 좁아졌을 뿐, 넉넉하기는 마찬가지다. 오늘 이 길을 찾은 매개가 '대나무숲' 이기 때문에 숲이 있는 동사무소 쪽 길로 접어들었다. 15년 전 대나무숲을 낀 이곳 산책로는 오솔길이었다. 그 기억으로 길을 찾았지만 너른 길의 푸근한 느낌도 좋다. 얼마 걷지 않아 길이 다시 갈린다. 곧장 동사무소 가는 쪽과 대나무 숲길. 갈림길을 대할 때는 언제나 망설여진다. 선택할 길이 따로 있어도 호기심을 어쩔 수 없다. 그러나 한번 선택한 길을 되돌려 다시 오는 일은 거의 없다.

대나무 숲길은 자상하다. 오른쪽 왼쪽으로 '이예염', '모위세', '오처세' 등 중국이나 일본에서 건너온 대나무가 이름과 함께 시범 재배

되고 있다. '적고단', '당죽', '만공', '대면' 등 생소한 대나무의 이름은 끝이 없다. '왕대', '솜대' 같은 것이 우리가 일반적으로 알고 있는 토종 대나무다. 숲의 분위기는 낯선 대나무 이름처럼 점점 이국적이다. 대나무 숲이야 익숙하지만 그 종류도, 길과 함께 놓인 배열도 색다르다. 중국영화 '와호장룡' 속의 대나무밭 같다.

그 즈음 친구 하나는 "세상 공부를 다시 하고 싶다"고 했다. "청년시절 명쾌했던 논리로 세상과 맞서 행동하는데 물불 가리지 않았지만 과연 틀림없었는지 차분히 공부하고 싶다"고 했다. 과연 대나무 숲 속의 계획이 지켜질 수 있을는지 지켜볼 일이다. 숲은 때로 사람을 울적하게 만든다. 이야기가 깊어질수록 숲길을 제대로 볼 수 없어 아쉬웠다. 친구에게, 숲에다 눈길주랴 정신 없는 사이에 반환점에 닿았다. 가호동 주택가로 이어진 숲길이 울타리로 차단됐기 때문에 어쩔 수 없다. 주민들을 위해 조금이라도 길을 틔웠으면 하는 바람이 들었다.

몇 달 뒤, 봄날의 대나무 숲은 평온했다. 쌓인 눈으로 사람을 조심스럽게 하지도 않았고, 숲 사이 결을 모은 바람이 갈 길을 막지도 않았다. 그러나 길의 정취는 겨울이나 봄이나 마찬가지다. 이 정도의 숲에다 콘크리트 한 점 없는 이런 흙길이면 산책로로서는 최상급이다. 이번에는 겨울에 가지 않았던 석류공원 길을 택했다. 모두 2㎞, 체육공원 구간만 1㎞이다. 산책로로 왔다 갔다 하기에는 체육공원 구간이 알맞다. 헬스장 시설에 가까운 공학적 운동기구가 설치돼 있다.

연암공업대 뒤에서 길은 변화가 심하다. 넓었던 길이 좁아지고, 숲속이었다가 벗어났다가 했다. 경상대학교 쪽이나 이곳 가좌산 정상으로 향하는 길이 나오기도 한다. 석류공원 못미처 다시 갈림길. 왼쪽으로 450m를 가면 '여시골'이 나온다 되어 있다. 그 옛날 얼마나 골짝이었으면…. 지금은 이름이 오히려 사람을 당긴다. 오른쪽은 예정대로 석류공원. 이윽고 공원 전망대에 이르러 남강을 눈에 담는다. 봄은 이렇듯 산책거리를 두 배에 이르게 한다. 거기는 거기대로 또 이어지는 길이 나온다. 길 건너편 강변의 남부삼림연구소가 그곳이다.

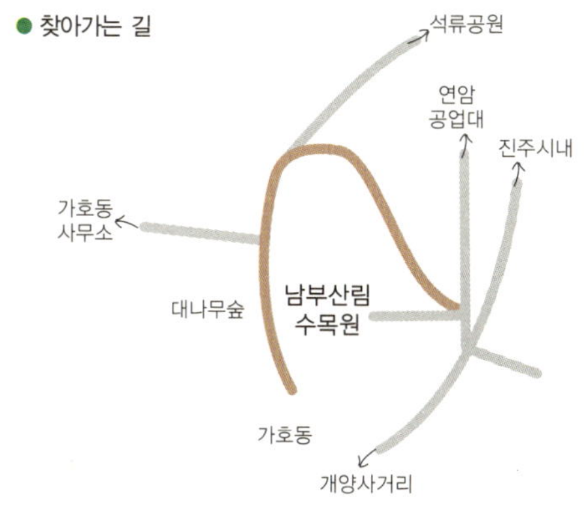

마산의 금강산 가는 길

어느새 봄을 빼앗겼다. 아지랑이 몽실몽실 피어오르는 따뜻한 봄날은 지금 우리 곁에 없다. 5월 초인데도 낮에는 덥고, 밤엔 추울 뿐이다. 가까이 3월 말만 생각해도 지구의 이상기온 현상은 기가 막히게 느껴진다. 그때 진해 사람들은 군항제를 시작해도 벚꽃이 피지 않는다고 발을 동동 굴렀다. 예년보다 늦어진 꽃샘추위 때문이었다. 그리고 잠깐 봄 날씨가 계속됐지만 4월 중순부터 낮에는 더워지기 시작했다. 사람이 만든 환경 탓에 사람은 점점 봄을 빼앗기고 있다.

– 부쩍 짧아진 봄

왜 금강산이 됐나?

아, 그건 그렇고 어쨌든 덥다. 벌써부터 에어컨 바람은 싫고, 어디 가까이 시원한 데 없나?

이렇게 더울 때 가까이 찾을 만한 곳이 마산의 금강산이다. 시내버스를 타고 마산역이나 시외버스터미널에서 내려 그 사이 삼호천을 따라 10분을 오르거나, 구암동 국립 3·15묘지 입구에서 왼쪽 길로 5분을 가면 진입로가 나온다. 이 산을 그냥 '금강산'이라 그러긴 미안해서 인

금강산 쪽 능선

지 마산 사람들은 '제2금강산'이라 부른다. 사람들은 이곳을 왜 금강산이라 하는지 궁금해서 찾기도 한다. 기이한 봉우리가 많아서, 아니면 절경 때문에?

마실 삼아 이곳을 찾는다는 한 노인은 "산이 좋기 때문에 붙은 이름"이라며 "울창한 숲 때문에 그늘이 너무 좋고, 평평한 길로 사람을 편하게 하는 산"이라는 의견을 냈다. 그의 말처럼 그늘이 좋고, 평평한 이 길은 산의 입구에 있는 큰 식당에서 왼쪽 길로 접어들어, '삼천동'이라는 비석과 함께 시작된다.

번잡함을 피하는데 시간이 필요

시작부터 아름드리 나무로 덮인 산책로는 보기에도 시원하다. 길과 계곡이 함께 가는 모습도 좋다. 길 오른쪽으로는 낮잠께나 즐길만한 누각과 수십 명이라도 둘러앉을 만한 쉼터가 있다. 그런데 그렇게 마냥 좋은 것만은 아니다. 길가의 백숙 집에서 기르는 닭, 오리가 계곡 옆 비탈을 어지러이 타고 있다. 산책로 입구의 한 절집에서는 오늘따라 앰프로 확성된 염불소리로 주변을 울린다. 사람이 벌여놓은 일 때문에 사람은 언제든 눈살을 찌푸리게 된다. 죽은 개 한 마리라도 금방 볼 듯한 기분이다.

하지만 그게 우리 사는 모습인 걸 어떻게 하나. 질끈 눈감고 귀 막으며 그냥 길을 걷는다. 그렇게 흐트러진 기분은 오래가지 않는다. 나뭇잎이 소복한 평평한 길인 산책로가 곧 나타난다. 콘크리트 한 점 없는 폭신폭신 흙길에 가파르지 않으니 산길 같지 않다. 입구처럼 머리 위는 나무로 뒤덮여 하늘이 보이지 않는다. 그렇게 좋다는 금강산의 그늘은 이렇게 녹음이 준 선물이다. 느릿느릿 걸어 머릿속을 표백한다. 길을 걸어도 잡념이 계속되면 괴로운 일이다.

바로 그럴 때, 산책로와 함께 가는 계곡 물 속에 손발을 담근다. 윗도리라도 하나 벗어 물 속에 폭 담갔다 입으면 조금 더 확실하다. 그렇게 젖은 옷을 입고 길을 걸으면 맞은 편 등산객이 "물입니꺼, 땀입니꺼?"라고 했다. 물이기도 하고 땀이기도 하니, 그냥 웃음만 짓고 걷는다.

숙취를 잊게 하는 산책

만나는 사람들이 부쩍 많아졌다. 아무래도 중년층과 노년층이 많다. 살림집 아주머니 같기도 하고 자영업주 같기도 한 여성들. 노년의 남성들은 아예 일을 잊은 듯 한가한 모습이다. 젊은 층은 그보다는 여유가 없는 모습이다. 한 남성이 권했다. "숙취 뒤에 이 길을 걷는 게 좋지예. 땀 쫘악 빼고, 약수터 물을 끼얹으면 하루가 거뜬해진다 아임니꺼"라며. 평평한 오솔길이지만 곳곳에 설치된 운동기구 때문에 충분히 동의할 수 있다. 그렇게 30분을 올라간 길에 약수터가 나왔다. 숲 속에 뒤덮인 약수터 일대가 어둡기까지 하다. 더위는 가시고, 몸은 서늘하다. 이곳 산책길의 반환점으로 충분하다.

넓고 포근한 약수터에서 운동기구도 여럿 있다. 정자에서는 노인 몇

금강산 정상 갈림길

이 모여 길 이야기를 하고, 정치 이야기를 한다. "마산에 무슨 식당이 있고, 무슨 건물이 있는데 이 길이 맞니, 저 길이 맞니"하는 내용으로 목소리가 점점 올라간다. 한쪽 곁에서 물끄러미 눈길만 주는 노인에게 "여기서 산 정상 가는 길은 어떻습니까"라고 물었다. "여기까지보다는 가파르제. 한 40분쯤 가면 정상이 나오고"했다. 천주산을 종주하는 등산로도 그 즈음에서 연결된다. 노인에게 제2금강산 좋은 점을 물었더니 "가까이에 이런 길이 없제. 평평한 그늘길이 여름엔 그만이고, 겨울에는 찬바람을 막게 해서 좋다"며 얼굴을 활짝 폈다. 약수터 이곳 저곳에 나뉘어 앉아 있는 중년 이상의 남녀를 바라보면 '여기서 미팅도 하겠구나' 싶다.

위로 10분쯤 더 오르면 산의 능선이 나타난다. 능선 직전은 갑자기 가팔라진다. 기다렸던 땀샘은 마침내 땀을 뿜어내고, 밭은 숨이 헉헉거리며 분출된다. 그런 사람들을 위해 능선엔 기가 막힌 쉴 자리가 준비됐다. 여기서 길은 갈라진다. 왼쪽은 제2금강산의 정상, 오른쪽은 연결된 천주산 방향이다.

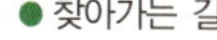

● 찾아가는 길

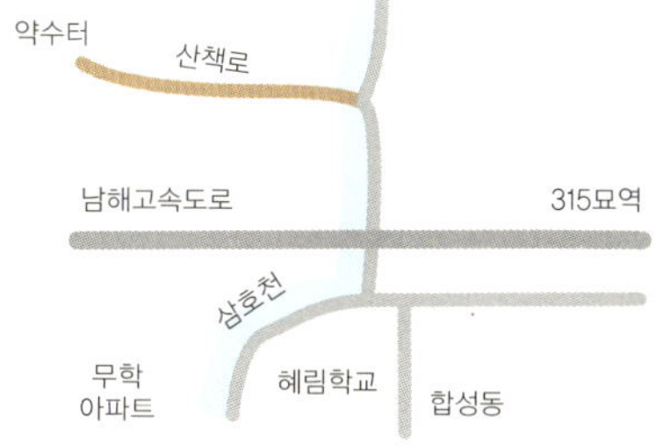

창원 비음산 산책로

맨발로 걷는다/ 걷는 것이 삶이다/ 땅에 굳게 뿌리박은 채/ 위로 솟는 나무와 같이/ 착하고/ 평안한 사람들만/ 맨발로 걷는다/ 그것은 모두/ 예전에/ 내가 잃어 버렸던 것들이다

- 시인 김대송

맨발로 걷는 비음산 산책로

창원시 사파동 토월체육공원 뒤편 등산로를 따라 비음산에 오르는 길은 변화가 많다. 등산로 입구가 특히 그렇다. 창원침례교회 옆 등산로 초반에 줄지은 농장들마다 먹거리 소개가 요란하고, 구수한 냄새가 진동한다. 오후에 이 길에서는 구수한 찌짐 냄새가 유행가 가사처럼 술술 흘러나온다.

막걸리집 국수집 다음 국도25호선 통과지점은 갖가지 인공물이 등산로에 변화를 준다. 계곡 따라 가는 산책로, 걷기 편한 나무 받침대에 아치형 육교까지 공을 들였다. 그렇다고 자연스레 수풀 헤치는 길이 사라진 것도 아니다. 국도를 통과한 지점부터 본격적인 등산로가 시작된다. 여기서 용추폭포와 비음산 정상 갈림길까지가 산책로에 알맞다.

비음산 정상 갈림길

　　창선·삼천포대교를 닮은 국도 위 육교는 앙증맞다. 다리 위를 걸으면 나무받침대가 울렁울렁한다. 즐비한 농장이 첫 번째라면 여기서 10분 거리 약수터까지가 전체 산책로의 두 번째 구간에 해당된다. 그럭저럭 도심을 피하는 숲길이 시작된다고 할까. 사람들마다 어느 정도 숨을 돌리게 되는 것이다. 비음산 등산로 안내판에서 약수터까지는 같은 오솔길이라 해도 너른 편이다. 정병산과 비음산 등 인근 등산로 중에서 이곳을 가장 편한 길로 여기는 이유를 알 만하다. 처음부터 가파르지 않기 때문이다.

대암산에서 본 비음산 능선

약수터에서 만나는 사람들

약수터에 10분만 앉아 있어도 지나다니는 사람들 모습에 금방 피로를 잊는다. 이 사람 저 사람, 이 커플 저 커플 어느새 머릿속에는 별의별 상상이 자리잡는다. 아, 그냥 걷자. 약수터를 지나 50m 정도 오르면 본격적인 오르막길이다. 느긋한 산책길로 맞지 않지만 반환점인 용추폭포-비음산 갈림길까지 30분도 채 걸리지 않으니 그냥 오를 만하다. 게다가 돌아오면 약수터가 있으니, 땀과 갈증까지 식힐 수 있다. 차량이 달리는 소리가 여기까지 따라오지만 그다지 신경 쓰이지 않을 정도가 된다.

큼직한 나무마다 창원시가 달아놓은 금언들이 눈길을 끈다. 노자는 '타인에 대해 많이 알면 박식한 것이요, 자신에 대해 많이 알면 지혜로운 것이다' 라고 한 걸로 적혀 있다. 쇼펜하우어는 '평범한 사람은 시간을 소비하는데, 재능 있는 사람은 시간을 이용하는데 마음을 쓴다' 고 했다. 급기야 창원시는 '단 하루라도 보람 있게 살아야 한다' 고 직접 나서 충고하기도 했다. 이왕이면 나무이름까지 붙였으면 하는 아쉬움이 남았다.

용추폭포와 비음산 갈림길 바로 밑에 넉넉하게 생긴 포구나무가 하나 있다. 밑동에서 몇 갈래가 갈라졌지만 그 품이 안정돼 보기에 너그럽다. 사이로 숲이 보이고 도시가 보인다. 기우는 해도 가지 끝에 매달렸다. 그래서 색깔은 빨갛다. 굳이 더 오르지 않아도 퍼질고 앉아 기대고 싶은 나무다. 나무에 손을 대고 마음을 가라앉히면 움직임이 느껴진다. 호흡이 전달되는 것이다. 움직임 따라 나도 흐느적흐느적

몸을 움직인다. 내가 나무에게, 나무가 나에게 에너지를 전달하는 셈이다. 이는 나무의 특성에 따라 사람의 여러 가지 병을 치유하는 방법으로 소개된다.

산책로와 등산로의 구분 기준

여기서 곧장 오르면 비음산 정상이 나온다. 그런데 창원 시내를 에두르는 여러 산 이름이 있어 헷갈릴 때가 많다. 봉림산 정병산 비음산 등 여러 이름들이 시민들 사이에 혼용되는 경우가 있다. 이들은 우선 산의 줄기가 같다. 산줄기가 시작되는 곳이 사림동 창원사격장 뒤편이다. 여기서 봉림사 뒤편까지 1km가량 계속되는 곳을 '봉림산'이라 한다. 이어지는 곳이 정병산으로, 봉림사 뒤편에서 용추계곡까지다. 산정의 높이가 566m에 길이가 6km를 넘는다. 여기서 사파동 동성아파트 뒤편 목장원농장 위쪽까지가 비음산(518m)이다.

비음산에서 오른쪽으로 쭈욱 가면 대암산 정상으로 갈 수 있다. 대암산은 목장원 뒷길부터 성주동 프리빌리지 아파트까지다. 대암산 정상은 669m에 줄기의 길이가 4km를 넘는다. 산줄기는 이어 불모산(801m)으로, 장복산(582m)으로 계속 연결된다. 종주코스는 흔히 창원 사격장 뒤편 소목고개부터 성주동 대암산 하산로까지 13km, 진해 장복산까지 25km에 이른다.

그런데 막상 산책하러 나선 길에 가파른 등산로가 나오는 것만큼 버거운 상태가 없다. 물론 더 걸을지 여부는 자신이 판단한다. 몇 가지 기준도 있다. 땀이 난다, 나지 않는다. 경사가 급하다, 급하지 않다. 시간이 남아 있다, 그렇지 않다. 하지만 그날 자신의 기분에 딸린 것 아닐까.

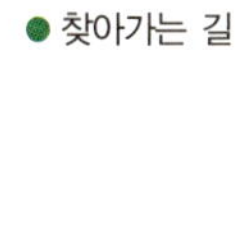

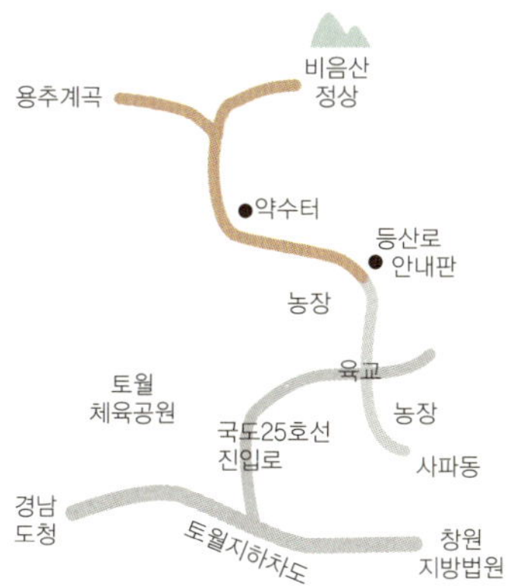

김해 분성산 천문대 가는 길

우리 주위에는 총총한 별들이 마치 헤아릴 수 없이 거대한 양떼처럼 고분고분하게 고요히 그들의 운행을 계속하고 있었습니다. 그리고, 이따금 이런 생각이 내 머리를 스치곤 했습니다. ─저 숱한 별들 중에 가장 가냘프고 가장 빛나는 별님 하나가 그만 길을 잃고 내 어깨에 내려앉아 고이 잠들어 있노라고.

─ 알퐁스 도데의 『별』

꼭 밤에 한번 갔으면

김해시 어방동의 분성산 산책로. 한쪽은 천문대로, 또 다른 쪽은 산성으로 연결된다. 특히 이곳 천문대는 밤하늘 별을 관측하는 장소로 경남에서는 가장 이름이 있다. 걷기 시작하는 곳은 김해천문대 주차장. 양쪽 목적지까지 각각 800m 거리라 둘 다 충분히 아우를 수 있는 길이다. 우선 천문대 가는 길로 방향을 잡는다.

계속되던 콘크리트 포장길은 천문대 입구 600m 지점에서 고즈넉한 흙길로 모양을 바꾼다. 시작을 알리는 지점에 천문대에 맞는 그럴듯한 안내판 하나. 1~2월의 별자리 그림이다. 북극성과 북두칠성, 카시오페

분성산 등산로

이아 같은 흔히 들었던 이름부터 거문고, 에리다누스 자리처럼 생소한 별자리도 많다. 100m를 갈 때마다 그림은 3월에서 4월로, 나중에는 11월과 12월의 별자리까지 위치를 바꿔 나타난다.

그렇게 별자리 그림을 보고 걸으면 궁금해진다. 마치 우리가 사주를 보는 것처럼 서양에서 인용되는 탄생 별자리 해석은 어떻게 생긴 것일까. 또 그 원리는 무엇일까. 별자리는 5000년 전 티그리스, 유프라테스 강 유역의 중동 사람들이 양떼를 지키면서 밤하늘 별들의 형태에 관심을 가진 것에서 유래했다 한다. 나중에는 그 형태에 동물, 물건, 신화 속 인물 등의 이름을 붙여 자리에 따라 성격을 해석하는 원리의 기본이 됐다.

'지름 100m' 미래의 망원경

천문대 가는 길은 이런 식으로 궁금증만 주는 것이 아니다. 천문대 오르는 길에는 별자리 외에도 걷는 사람들의 상상력을 발동시키는 또 다른 그림들이 있다. 예를 들어 '두 은하계의 충돌'과 '지름 100m 짜리 미래의 망원경', '조선 세종 때의 혼천의 그림' 등.

천문대에 이를 즈음 아이들의 재잘거리는 소리가 훨씬 가까워졌다. 천문대 자료실의 그림에, 관측동의 망원경에, 김해시가를 전망할 수 있는 확대경까지 아이들은 나무늘보처럼 붙어 있다. 이곳에 올라오면 걷기에 적당한 시간이 고즈넉한 저녁 시간임을 알게 된다. 천천히 걸어 올라와 어둠이 내리면 천문대 관측동에서 드넓은 하늘을 관찰한다. 하늘의 뜻을 헤아린다. 전망대에서 바라는 시가지의 야경도 놓치지 않는다.

같은 길로 내려오기 싫다면 관측동 위에서 시작되는 등산로를 택할 수도 있다. 먼저 보았던 천문대 입구에서 분성산 쪽 산책로 입구를 찾을 수 있다. 산성 가는 길은 800m 거리. 처음 400m 정도는 곳곳의 차량에 식당까지 번잡하다. 차분하게 영감을 주는 길이 아니다. 식당마다 제각각 할 일도, 분위기도 다르다. 뽕짝 음악이 흐르는 국숫집, 염소를 나무에 메달아 곧 잡으려는 고깃집. 염소 머리에 곧 망치를 내려치려는 순간 사람들은 이맛살 찌푸리고 고개를 돌린다. 보이지 않는 망치가 사람 여럿 잡는 도시에 살면서도.

산성입구 400m부터 기다렸다는 듯 차분한 산길이 펼쳐진다. 어떤 길이든 처음부터 제 멋을 한껏 내는 길은 뒤가 가볍다. 감쪽같이 조용해진 길은 이제 평범하고 잔잔한 컨셉으로 사람의 감성을 자극한다. 사람들은 각각 자신에게 맞는 영감을 모으려 예비 동작을 갖춘다. 분성산 중턱 산성이 보이면서 점차 길은 급해진다. 옛 산성과 새로 축조하는 산성이 내기라도 하는 듯 경쟁한다. 야트막 등산로에 이어 혜은사가 나오고, 그림이 좋은 바위 사잇길 뒤에 만장대가 나타난다.

평야로 잠복하는 산맥

만장대, 분성산 봉수대의 다른 이름이다. 323m의 높이는 그 아래에 보이는 남해 위에 곧바로 솟은 듯 느끼기에 더욱 높아 뵌다. 산맥은 눈에 보이지 않는 곳에서 남해와 광활한 김해평야를 지났다. 또 웅장한 김해 시가를 지나 어방동을 밑돌로 삼았다. 그리고 산은 벌떡 일어섰다. 산이 흐른다. 들판이 흐른다. 강물은 흘러 바다로 모인다. 만장대에서 세상을 보면 그렇게 만물의 흐름을 느낄 수 있다. 맥, 흐름, 기운 같은 게 몸으로 다가오는 듯 하다.

어쩌면 만장대에 이르기 직전 바위와 바위 사이로 좁게 났던 등산로도 그런 기운의 흐름으로 생긴 현상 아니었을까. 양쪽 바위에 가려 햇볕조차 들지 않는 독특한 형세가 머릿속을 떠나지 않는다. 길을 돌아 내려올 때에 한참이나 그 바윗길 속에서 머물렀다. 바위가 말하고 산이 말한다.

그러나 이제는 무거움 떨치고 발걸음을 가볍게 한다. 돌아가는 길 산성마을 식당에서 국수라도 한 그릇 할 생각을 하면 돌아가는 발걸음이 가볍다. 산에서 내려올수록 도시는 나에게 더욱 가까워진다. 맥이니, 흐름이니, 기운의 움직임 같은 생각은 어느새 붕뜬 관념이 되어버린다.

마산 내서읍 구봉산 산책로

– 가요 '더불어 숲' 중에서.

구봉산 산책로는 도로를 따돌린다

흐르는 노래처럼 숲을 음미하는 곳이 있다. 알려지지 않았기에 그
쾌감은 배가 된다. 이름도 구수한 마산시 내서읍 구봉산이다.

구봉산 산책로 입구는 마산시 내서읍 호계리 코오롱타운 정문 맞은
편과 현대아파트 뒤편에 있다. 무학산에서 구봉산으로 이어지는 산의
맥을 비록 도시가 끊어놓았지만 그건 드러난 표면일 뿐이다. 잠시 도시
밑에 잠복했을 뿐 곧 등이랑 고개를 쳐들었다. 코오롱타운 맞은편에는
표지판이 없지만 들고나는 사람들의 옷차림으로 위치를 알 수 있다. 입
구부터 산책로 중간 중간에 표지판이 없는 점은 줄곧 아쉽다.

좁고 깊은 길. 곧장 소나무들이 산책로를 에워싼다. 하늘을 가리는
숲길이 시원하다. 초반부의 길은 마산-함안 국도와 방향을 같이 한다.

걸음을 따라오는 도로의 소음으로 알 수 있다. 끈적끈적한 도시처럼 따라붙는 소음은 차츰차츰 작아진다. 길이 구봉산 정상을 향하기 시작했기 때문이다. 입구에서 10분 뒤 첫 휴식처가 나왔다. 운동기구가 있는 너른 터다.

너른 터에서 산책로의 좌우를 둘러본다. 역시 빌딩 숲의 도심보다는 길 왼쪽 산 속의 산에 눈길이 더 간다. 평성리 여러 마을과 저수지가 그 속에 있다. 평성리 일부는 지금 회성동에 있는 마산교도소의 이전지로 세간에 알려져 있다. 그 일로 행정기관과 주민이 마찰하고 있다. 산 속의 산이라 해도 인간 세상의 분쟁에 매여 있는 셈이다. 산책로 곳곳에 평성리와 연결되는 작은 길이 있다.

산에서 만나는 사람들 속내

다시 구봉산 정상을 향하기 시작하는 산책로. 너른 터를 지나 길은 도로와 방향을 완전히 달리 했다. 소음과도 등을 졌다. 산은 높아졌고, 길은 깊어졌다. 걷는 동작에 어느 정도 익숙해진 몸은 스스로 편안하게 힘을 뺀다. 이 때의 나른한 기분은 느껴보지 않고서는 제대로 표현할 수 없다.

한여름 폭염을 피해 이른 오전 산을 찾은 사람들이 서로 인사를 나눈다. "반갑습니다", "안녕하세요", "수고 많습니다". 산을 내려가면 사람들은 그렇게까지 인사하지 않는다. 산에서 사람들은 그걸 알고, 더더욱 인사한다. 도시 속의 가면을 벗은 솔직한 모습으로 새롭게 사

구봉산 오솔길

람을 대하는 것일까. 그러나 비록 산에 올랐다 해도 사람들 관심이 완전히 달라지는 것은 아니다. 허물없이 인사를 해놓고 뒤통수를 향해 한마디씩 날린다.

"방금 두 사람, 부부야 뭐야?", "아니라던데, 부녀지간이래". "부녀간은 무슨…. 그렇고 그런 사이겠지." 산 속에서도 사람들은 여전히 속세다.

그렇게 30분. 왜 이리 쉴 곳이 나오지 않는지, 조바심이 들 즈음 구봉산은 자연스레 정상을 내준다. 200m 안팎의 높이다. 코오롱타운 맞은편 산책로 입구에서부터 1.5㎞가량 걸어왔다. 정상은 더욱 너른 터에 갖가지 운동기구가 있다. 정상에 모여 있던 사람들의 이야기는 끝이 없다. "마재고개(마티고개)까지 안 가볼 거야? 한 시간이면 족해", "더운데 뭐 하러 가? 혼자 갖다 와"

왜 온몸을 감쌀까

여성들의 등산 차림은 때때로 엉뚱한 호기심을 부르기도 한다. 머리에서부터 발끝까지 대개 온몸을 감싸는 경우가 많기 때문이다. 물론 때가 여름인지라 많은 여성이 피부 보호를 위해 얼굴에다 목, 팔 다리까지 스카프나 수건으로 감싼다 할 수도 있다. 그러나 이런 옷차림은 여름 한 철에 한정되지 않는다.

숲 속에서 온 몸을 감싸는 차림의 실익이 어떤지 궁금했다. 창원의 한 피부과 전문의가 도움말을 주었다. "산에는 꽃가루나 나방처럼 접촉성 피부염 요인이 많다. 기미나 검버섯 예방을 위해서도 피부를 보호할 필요가 있다". 반대 의견 역시 전문의가 냈다. "너무 감싸면 탈수현상이 생길 수도 있다. 최대한 피부가 호흡하게 하는 것이 좋다". 자연스레 맨살을 산림이 호흡하는 속에 드러내는 게 좋다는 것이다. 전문가들 의견조차 상반되는 셈이다.

정상에서 산책로는 다시 내리막이다. 길은 곧 세 갈래로 나뉜다. 직진을 하면 마재고개 정상이 나온다. 그곳부터 건너편 무학산 줄기까지 산맥이 잠시 도시에게 자리를 내주는 부분이 된다. 오른쪽으로 빠지면 현대아파트가 나온다. 왼쪽 작은 길로 가면 평성리 소류지가 나온다. 오늘 길이 등산 차원의 산책이 아니라면 이 지점에서 처음 출발했던 길로 돌아오는 것이 좋다. 돌아올 때 느끼는 산책로의 느낌은 처음 갈 때와 달리 깊이가 있다.

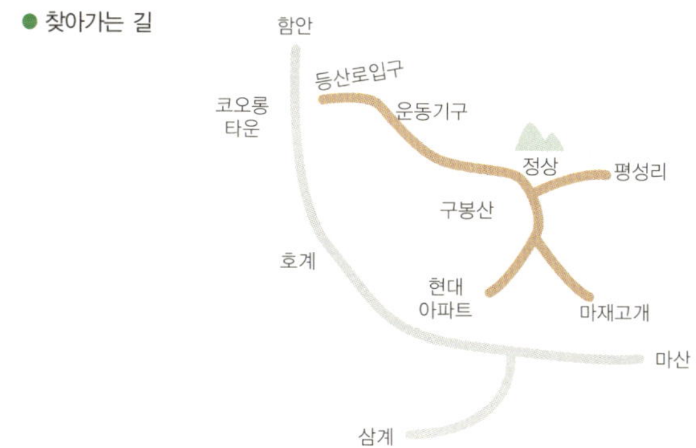

창원 양곡동 지단골

걸으면서 출장식 호흡을 하면 그 이상의 효과가 있다. 몸속에 쌓인 이산화탄소를 내 보내고 깨끗해진 폐에 신선한 산소가 들어오게 한다. 두 걸음을 걸을 때 숨을 들이마신다. 다음 네 걸음을 걸을 때 숨을 내 쉬는 것이다. 내 쉬는 숨을 길게 하면 몸속의 이산화탄소는 그만큼 많이 빠지게 된다. 걷는 속도에 연연해 할 필요가 없다. 호흡수를 세며 집중하므로 잡념이나 고민 같은 스트레스도 절로 없어진다.

- 김영길의 『걸으면 산다 2』

이름이 초롱한 풀잎마을에서 시작

남도 삼백 리의 외줄기 길을 머릿속에 상상한다. 때로는 강둑이 되어, 때로는 논둑이 되어 이어진다. 소나무 숲 사이 외줄기 산길이 되기도 한다. 그렇게 삼백 리를 끊어질 듯 이어진다. 그 길 한 자락이 될 법한 외줄기 길이 창원의 양곡산 지단골 골짝에 있다. 옛날 밀 익던 마을은 지금 대부분 아파트촌이 되었지만, 타는 저녁놀은 여전하다. 시인 박목월이 나그네 되어 걸었던 산길 같은 곳.

지단골 골짝길은 창원 양곡의 동구산 가는 길에 있다. 이름이 영롱

한 '풀잎마을'에서 시작한다. 웅남동 30번지 '홍익재활병원'의 다른 이름이다. 지체부자유 청소년과 아동들이 재활의지를 다지는 이곳은 풀잎 숲 속에 갇혀 있다. '잡초처럼 강한 생명력'이라는 이미지가 이름 속에 담겼다. 정문 옆 '커피생각'에서 풀잎마을과 산책로 전경을 함께 볼 수 있다. 산길 입구의 커피숍은 이채롭다.

오늘 걸을 길은 그 지점과 모양새에 따라 세 단계로 나눌 수 있다. 먼저 '지단골' 골짝 길을 30분 정도 걷는다. 다음엔 동구산 정상 길과 맞은편 갈마봉 약수터 길을 걷는다. 각각 30분 정도 걸리기 때문에 자신의 몸 상태로 걷는 거리를 정한다.

11월 말의 어느 날, 오후 4시에 걷는 지단골 길은 이름처럼 붉다. 햇살이 능선 너머로 사라진 뒤의 붉은 칼라는 무겁고 춥다. 낙엽 소복한 오솔길은 마치 뱀 같다. 붉은 등판의 줄무늬가 여기저기 갈라진 채, 이리저리 꿈틀댄다. 햇살 넘긴 기운이나 골짝의 낙엽도, 골짝의 이름이나 뱀의 등판도 모두 붉다.

능선에는 더욱 붉은 노을

정상과 약수터로 갈리는 철탑. 그 무지막지한 횡포에 고즈넉하게 모아가던 분위기는 깨졌지만 능선 너머 나타난 오후 5시의 햇살에 기대를 건다. 노을을 볼 수 있을 것이다. 길의 흐름대로 일단 동구산 정상 쪽을 향한다. 그 길에 곧 나타날 오르막을 마다하지 말라. 땀 흘린 뒤에 결실이 있는 법. 10분을 오르면 다시 펼쳐진 평이한 능선의 낙엽 길이

양곡의 주홍빛 등산로

오늘 걷는 길의 절정이다.

이곳은 더욱 붉다. 그러나 방금 본 지단골의 붉음과는 다르다. 맑고 환한 붉음. 일몰 직전의 태양은 이곳 낙엽 길과 주변의 소나무 숲을 비춰 묘한 실루엣을 만들어냈다. 발걸음을 묶은 빛은 사람을 자연스레 눕게 만든다. 낙엽 위에. 따뜻하고 푹신하다. 그러나 1분도 되지 않아 일어난다. '쯔쯔가무시' 생각이 갑자기 났다.

동구산 직전의 봉우리에서는 소나무 숲 사이로 두산중공업과 바다 건너 마산 시가가 한눈에 들어온다. 반대쪽은 양곡의 아파트 단지. 정상 쪽으로 더 가려다가 방향을 바꾼다. 갈림길 저쪽 약수터 가는 길이 있기 때문이다. '선행은 선행으로, 악행은 악행으로 되풀이된다'는 공자 말씀을 신호로 길을 되돌린다.

내려오는 길은 언제나 부담이 없다. 호기심이 덜하지만 몸을 추욱 늘어뜨릴 수 있는 '이완'의 시간이다. 더구나 노을과 함께 내려오는 하산길이란…. 산이 높지 않으니, 곧 어두워지리라는 두려움도 없다.

아쉽게 찾지 못한 약수터 길

갈마봉 약수터 가는 길은 더욱 잘 정리된 등산로라고 했다. 많은 사람들이 이 길로 가 약수를 마시고, 다시 내려가 새로 만들어진 길로 돌아온다고 했다. 두산중공업과 진해시를 연결하는 아스팔트 포장도로가 그 아래에 있다.

오늘 이 길의 입구에 닿을 무렵 주변의 노을은 서서히 어둠으로 변

하고 있었다. 다음 기회를 기약할 수밖에 없다. 가지 않은 길에 대한 호기심은 어둠으로 변해 가는 노을 속에서 그만 편해지고 싶은 사람의 마음을 이기지 못한다.

11월 해질 무렵의 동구산 여러 길은 제각각의 이미지로 붉었다. 무겁고 춥거나, 밝고 환하다. 어떤 곳은 한없이 깊었다. 지단골. 풀잎과 여러 가지 붉은 빛이 양곡 동구산 길에 있다. 내려오는 길, 얼굴에는 선명하게 붉은 노을의 그림자가 얼른거린다.

진주 판문동 상낙원

진주라 천리 길을 내 어이 왔던가/ 연자방아 돌고 돌아 세월은 흘러가
고/ 인생은 오락 가락 청춘은 늙었더라/ 늙어 가는 이 청춘에 젊어 가는
추억/ 아, 손을 잡고 헤어지던 그 사람/ 간 곳 없구나

– 이미자가 부른 '진주라 천리길' 2절

진양호와 만나는 상낙원길

사람들은 보물을 잊고 간다.

'상낙원'은 그 이름만 들어도 여유롭다. 언제나 즐거운 곳. 이곳을 이용하는 노인들은 언제나 즐거울 권리와 조건을 갖고 살고 있다. 진주의 명물 진양호에서 양마산 오르는 길 오른쪽에 상낙원 가는 길이 있다. 이 산은 따로 '두류산'이라고도 불린다.

진양호 전망대에 놀러온 사람들은 대부분 보물을 찾지 못하고 돌아간다. 전망대 너머 시작되는 양마산 등산길을 즐기지 못한 채 발걸음을 돌린다. 물론 진양호를 전망하는 일만 해도 사람들 품을 그득하게 할 것이다. 멀리 덕유산에서 발원한 경호강과 지리산에서 시작된 덕천강이 만나는 곳. 그렇게 두 물줄기가 합류해 만들어진 남강이 이곳 진양호에서 덩치를 불리고, 숨을 고른다. 강은 다시 남동쪽을 향해 흐르다 마침내 함안 법수에서 낙동강과 만난다.

이곳 상낙원 가는 길 어귀의 전망대는 진양호를 마무리한다. 전망대 북쪽의 '양마산 등산로' 표지판을 따라가면, 직접 걸어 몸으로 느끼는 진양호를 만나게 된다. 이런 길의 성격을 안다면 한번쯤 상낙원 길을 걸어볼 만 한대도 사람들은 그 존재를 알지 못한다.

20분 정도 계속되는 계단길과 블록 포장길은 걷기에 깔끔하다. 방금 진양호 전망대에서 호반 경치로 두 눈을 씻었다면, 여기서 온 몸을 씻는다. 녹색 수풀에, 산들바람에. 등산하는 사람들이 생각보다 많다. 말을 건네면 그들이 진양호를 속속들이 알 만한 사람들임을 알게 된다.

제 모습이 보이는 진양호

산마루에 올라서면서 숲 사이 드문드문 보이기 시작하는 진양호. 호반을 휘엉청 바라보는 길의 높이를 느끼면 마치 이곳은 섬 같다. 길은 이제 호수와 같이 간다. 새벽 동틀 무렵, 이 길을 걷는다고 상상한다. 짙은 안개는 내 목덜미에 내려 안고, 여명은 한 치 앞을 비출 것이다. 진양호 전망대 아래에 숙박시설이 없지 않으니, 호반과 하룻밤 보낸 뒤 새벽에 이 길을 걸을 만하다.

끝까지 옆구리만 살짝살짝 보여줄 줄 알았다. 드문드문 그 모습으로 평행선처럼 길과 함께 걸을 것 같았다. 그러나 한 순간, 호수와 등산길은 정면으로 부딪혔다. 둘 다 놀라 한쪽은 더욱 초록으로, 또 한쪽은 더욱 파랑으로 창백할 지경이다. 이 지점을 그냥 지나친다면 도리가 아니다. 멍청히 서서 10분, 귓속을 파고드는 공명을 들어라.

양마산 정상이 보이는 팔각정 오른쪽에서 상낙원 가는 길은 갈라진다. 바로 아래 산허리에도 갈림길은 하나 더 나타난다. 아랫쪽 갈림길에서 상낙원 빨간 지붕을 볼 수 있다. 그곳이 어떤 곳인지 상상을 할 뿐이다. 머릿속의 상낙원이기를…. 어떤 영문인지 박목월의 시 '청노루'가 나뭇판에 새겨져 있다.

청노루

상낙의 자리

"머언 산 청운사 낡은 기와집/ 산은 자하산 봄눈 녹으면/ 느릅나무 속잎 피는 열두 굽이를/ 청노루 맑은 눈에/ 도는 구름"

이곳 숲은 특히 좋아 이른 봄날, 자리를 깔 틈이 없다고 한다. 언덕 아래 멀찌감치 상낙원을 바라본다. 거리가 멀어 인기척을 듣거나 사람들의 윤곽을 알아볼 수는 없다. 그러나 머릿속에 떠오르는 노인들 '상낙'의 얼굴들. 모자랄 것도 넘칠 것도 없는, 있는 그대로의 표정들이 눈에 선하다. 그 얼굴 속에 청노루 맑은 눈이 있을 것이다. 이곳이 자하산이요, 청운사가 아닌가.

걸어갔던 진양호 쪽으로 되돌아오는 방법도 나쁘지 않다. 변화를 원한다면 상낙원 아래쪽으로 진양호 입구와 연결되는 별도의 도로로 내려온다.

마산 진동 공원묘원의 정적

나 하늘로 돌아가리라. / 새벽빛 와 닿으면 스러지는/ 이슬 더불어 손에 손을 잡고,/ 나 하늘로 돌아가리라. / 노을 빛 함께 단 둘이서/ 기슭에서 놀다가 구름 손짓하며는,/ 나 하늘로 돌아가리라. / 아름다운 이 세상 소풍 끝나는 날,/ 가서, 아름다웠다고 말하리라.

– 천상병의 '귀천'

선입견을 잊게 하는 길

사람은 길을 선택한다. 돌아올 수 있으리라 믿지만 그런 경우는 드물다. 길이라고 사람이 다 선택하는 것도 아니다. 선택할 수 없는 길. 사람들이 궁금해하며, 두려워하는 길. 그것과 맞서 나름대로 해법을 찾고싶어 하는 길. 가까우면서도 멀리 두고 싶은 마음에 쉬 손에 잡히지 않는 길. 죽음에 이르는 길이다.

마산시 진동면 인곡리 옛 국도에는 공원묘원 가는 한적한 길이 나 있다. 사람들은 대부분 그렇게 하지만 차량으로 한걸음에 내달을 길이 아니다. 천천히 걸으며 곱씹을 길이다. 입구에 차를 세우면 산모퉁이를 따라 좁다란 포장로가 계속된다. 곧장 가면 몇 겹의 산줄기에 둘러쳐진 거대한 주검의 터가 나타나리라고는 상상할 수 없다. 거저 '우웅' 하는

진동 공원묘원 입구

듯한 산골짝의 소리에 소름이 끼칠 뿐이다.

　무겁고 텅 빈 공원묘원 길이 시작됐다. 노인들 가슴처럼 팍팍하게 첫걸음을 떼게 된다. 그러나 무겁다는 것도 선입견일 뿐이다. 짙은 녹음과 끊어질 듯한 정적은 생각하기에 따라 고요하면서도 가볍다. 무성한 녹음으로 인해 포장된 아스콘 색깔이 더욱 짙어 보인다. 사람이 없는 입구는 요란하다. ‘시립 납골당 건축 반대한다’ ‘쓰레기소각장 설치 반대한다’. 오래된 현수막이 구호가 되어 오히려 귓전을 때린다. 이처럼 혐오시설이 하나 둘 모이는데 대해 진동 면민들의 원성은 이만저만이 아니었다. 세월 속에서 납골당은 이미 설치됐고, 쓰레기소각장 설립은 결정됐다.

죽음과 맞닥뜨려 일하는 사람들

선입견이 가실 무렵 조화 전시대와 판매원을 만날 수 있다. 평일이라 손님이 별로 없는지 하나 둘 만나게 되는 이들의 눈꺼풀이 무거워 보인다. 50대의 여성 판매원에게 물었더니 "오전 아홉 시에 나와 저녁 여섯 시에 시내버스를 타고 나간다"고 했다. 똑같은 직장의 하루가 그곳에 있었다. 그렇게 다르지 않는 일상은 어느새 걷는 사람을 편안하게 한다. 공원묘원 길을 걷는다는 기분을 굳이 가라앉히려 하지 않아도 된다. 소각장이 들어선다는 인곡마을. 많지 않은 집이 한가롭게 자리해 있다.

마을에서 어귀 하나를 돌면 만나게 된다. 대학이 2~3개는 들어서고도 남을 60만 평의 거대한 묘원을. 입구의 관리사무소. 죽음과 맞닥뜨려 일하는 사람들을 하나 둘 만날 수 있다. 한 때 '묏꾼'으로 불렸던 묘 파기 일꾼들. 한 때 웃돈을 바랄만큼 죽음이 생업이 됐던 이들에게도 묘파기는 언제나 숙연한 일이다. 간단한 산신제 중 "조금 시끄러울 겁니다"라는 외침에 경건함이 베어 있다. 묘원의 안쪽 화장장에는 순서에 맞게 앞뒤를 맞는 사람들이 있다. 이들은 그다지 사람을 반기지 않는다. 몇 마디 물어보면 툭툭 말을 끊을 뿐 더 이상 잇지 않는다.

묘원 안쪽일수록 가로수 숲길은 더욱 깊어진다. 60만 평의 묘원은 한 눈에 그 크기를 헤아릴 수 없다. 폐기된 우물 속에 며칠간 들어가 있는 듯한, 고립무원의 숲 속에 혼자 기거하는 듯한 심연이 그곳에 있다. 그 끝이 묘원의 수많은 죽음과 닿아 있다.

돌아오면 생각하는 내세

불교에서는 윤회의 과정으로, 천주교와 기독교에서는 영원한 안식으로 죽음을 이야기했다. 각각의 죽음에는 선과 악으로 나뉘는 극단의 장소가 예비돼 있다고 했다. 유교에서는 죽음으로 혼(정신)과 백(육신)이 분리된다고 했다. 3대에 이르는 100년이 지나면 혼이나 백이나 모두 흩어지고, 분해된다 했다. 심지어 종교를 가지고 있어도 쉽게 접하기 힘든 '죽음' 이라는 주제가 묘원 가는 길에 자연스럽게 따른다.

돌아 나오는 길에 들른 납골당. 저마다의 유골을 담고 있을 캐비넷 같은 상자들이 답답해 보인다. 사람은 많아지고 세상은 좁아졌다. 죽은 사람이 차지할 수 있는 공간도 자연히 협소해질 수밖에 없다. 아직 명패를 달지 않은 상자가 많지만 아파트의 분양열기처럼 이곳도 곧 번잡해 질 것이다. 납골당 바로 옆 유골을 뿌리는 장치는 더욱 서글프다. 뿌린 유골이 내려앉는 작은 공간이 있고, 그 위에 유골을 뿌리는 원형 장치가 있다.

공원묘원을 돌아 나올 때에 걸음은 훨씬 홀가분해 질 것이다. 처음에는 20분마다 한 대씩 지나가는 버스를 타리라 마음먹었지만, 그만 보내 버린다. 천천히, 천천히 걸어나온다. 아직 나에겐 선택할 길이 남아 있는 것이다. 시인 신경림은 '귀천'을 이렇게 해석했다. " '귀천' 에서는 죽음이 곧 하늘이다. 아름다운 것으로 연상될 만큼 맑고 곱기만 한 가락이다. 노을 빛과 단 둘이서 놀다가 구름이 손짓하면 이슬과 손을 잡고 하늘나라로 돌아간다는 것이다. "

진동 공원묘원 입구

● 찾아가는 길

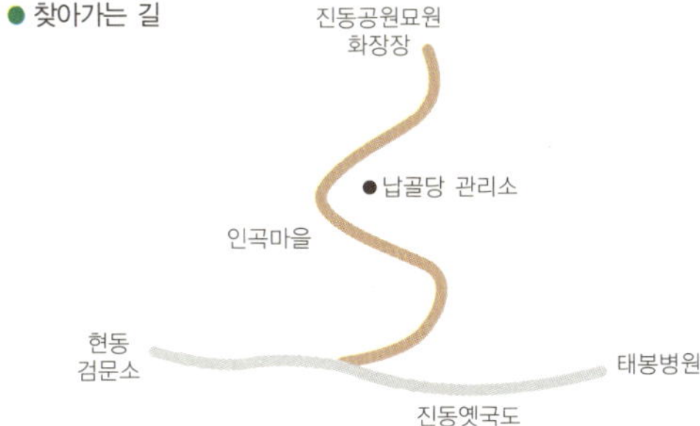

물길

강둑과 호수 그리고 해변

진주 진양교에서 상평교까지 남강 강둑
비 오는 날 주남저수지 | 함안 입곡저수지 산책로
창원 동읍의 낙동강 백사장 | 가덕도 눌차에서 선창까지
마산의 돝섬 해안일주로 | 길의 향연 거제 지심도
낙동강과 밀양강이 만나는 삼랑진 강변
거제 홍포에서 여차까지 3.5㎞ | 버려진 땅 을숙도 남쪽
부산의 다대포 몰운대

진주 남강둑

진주 진양교에서 상평교까지 남강 강둑

걷기 전 준비운동은 5분 정도가 적당하다. 정지한 상태에서 힘을 가하는 스트레칭은 허리 무릎 다리 발목의 순서로 진행한다. 목 어깨 팔 손도 빠뜨리지 않는다. 한 동작씩 30초 정도 유지한다. 스트레칭을 할 때 몸의 반동을 이용하는 방법은 좋지 않다. 특히 40세 이상은 걷기 전 온 몸의 근육을 풀어주는 준비운동을 따로 하는 것이 좋다.

– 경희 의대 가정의학과 김병성 교수

수많은 사람들이 걷고 있는 남강둑

걷는 사람들마다 동작은 다 다르다. 대개 운동을 위한 걷기는 팔을 굽힌 채 앞뒤로 힘차게 휘두르는 '파워 워킹' 동작을 취하지만 그것도 다 같지 않다. 특히 많은 사람들이 걷기 때문에 걷기 운동의 다양한 자세를 함께 볼 수 있는 곳. 바로 진주시의 남강둑이다.

남해고속도로 진주 나들목에서 차를 내리면 처음 만나는 곳이 '상평교' 다. 상평교에서 진주 시내 쪽으로 빠지는 강변도로를 이용할 때마다 도로 옆 강둑을 걷거나 뛰는 사람을 볼 수 있다. 그들 대부분이 차를 타고 있는 사람들 쪽보다 느긋해 보인다. 일을 하지 않는 상태에서 좋은 길을 만끽하고 있기 때문이리라. 부러운 장면이었다.

진주 곳곳의 남강변 산책로처럼 상대1동 법원 옆 '진양교' 아래쪽에도 강둑 산책로가 만들어져 있다. 이 길은 상평교를 지나 '문산교', '금산교' 까지 8.3km가량 계속 된다. 자전거도로에 맞게 포장이 되고 있는 진양교 쪽을 비롯해, 신무림제지-상평교-문산교 구간에는 걷기에 부드러운 '투수콘' (물이 흡수되는 콘크리트)이 깔려 있다. 진양교에서 '남강과 함께 하는 자전거도시 진주' 라는 푯말과 함께 걷기 시작한다. 숲 속 산책로가 도시와 단절된다면 툭 트인 강둑은 도시를 멀찌감치 바라보게 한다.

걷는 사람 뛰는 사람 자전거 타는 사람

강변도로 옆 신무림제지 정문 못미쳐 길은 왼쪽으로 꺾였다. 남강 굽이를 따른 것이다. 제대로 정비된 산책로가 시작됐다. 사람들이 많아졌다. 걷는 사람들, 뛰는 사람들, 자전거 타는 사람들. 사람들이 걷는 모양도 가지가지다. 팔을 앞뒤로 쭉쭉 펴는 군인형이 있다. 최근 가장 유행하는 파워 워킹, 일명 '팔만' 달리기형도 있다. 응용을 잘못해 어깨만 흔들어대는 타입도 있다.

걷기 운동의 가장 좋은 자세는 다음 요건이 충족돼야 한다. 시선을 정면으로 하고, 등과 허리를 곧게 편다. 발뒤꿈치가 먼저 땅에 닿게 하고 마지막으로 엄지발가락을 바닥에 댄다. 보폭은 (신장-100)cm 정도에 팔은 30도 각도로 가볍게 흔든다.

그렇게 걷다가 살랑거리는 강바람에 밀려 강변으로 내려간다. 강변 도로의 소음에 밀린 탓도 있다. 강둑이 벽이 되니 도로의 소음이 그만 사라졌다. 제 철을 잊은 노란 코스모스가 하늘거렸다. 강둑 비스듬한 경사에·버들피리떼가 앙앙거린다. 건너편 가호동 강변 비탈은 변화무쌍하다. 산책 나온 50대 남성은 "볼 게 뭐가 있다고 그리 찍어 쌌노"하면서도 "운동하기에는 여기만큼 좋은 곳이 없다"고 두 말을 한다.

앙앙거리는 버들피리 구경

상평교가 제법 가까이 보일 무렵 강변은 부산해졌다. 사람들이 밭을 가꾸고, 테니스를 하고, 족구를 한다. 시설이 돼 있고, 바로 이어 여러 운동기구도 설치돼 있다. 여기서부터 상평교 너머까지는 유채단지가 조성됐다. 얼마 전 올해의 생명을 다한 것이 아쉬울 뿐이다. 꽃은 죽어도 유채떼는 쓰임새를 하는 모양이다. 유채떼를 한데 모아 이미 포장해 놓은 덩어리를 파란 작업차량이 한 곳에 적재하고 있었다.

유채밭을 모조리 갈아버리기 직전의 풍경이 궁금하다. 유채꽃 흐드러진 밭과 밭 사이로 또 하나의 산책로가 만들어지겠지. 밟으면 포옥 들어갈 흙길에 유채 이파리 곳곳에 널브러져 있겠지. 거기엔 원앙 같은 예비 부부가 결혼앨범에 담을 사진 포즈를 취할 만도 할 것 같다. 신부는 밭 가운데에서 유채꽃보다 더 화사한 웃음을 짓고, 신랑은 장난기 가득한 포즈로 신부를 추켜세울 것이다. 하얀 색, 노란 색, 파란 색 꽃 무덤도 옆에서 코러스를 넣겠지.

진주 남강둑

강둑을 걷고, 강변을 거닐고 하면서 어느새 상평교에 이르렀다. 목덜미와 겨드랑이에 땀이 찬다. 이 지점까지는 씻을 만한 장소가 없다. 간이 화장실도 보이지 않는다. 문산교 쪽으로 내려가면 행여 있으려나. 진주시가 이 구간을 포함해 진양호에서 금산교까지 16km를 자전거도로 1코스로, 진양교-경상대학교 3.8km를 2코스로 잡고 있는 것을 감안하면 아쉬운 점이다.

상평교를 지날 무렵 해가 떨어졌다. 진주의 낙조는 어디서든 아름답다. 진양호에서도 촉석루에서도. 오늘 남강 강 허리를 잘라 넘어가는 해도 모자람이 없다. 남강을 주변으로 생존할 땅을 일군 진주 사람의 정서를 새삼 느낀다. 발품을 들여 위쪽 촉석루로 가면 진주의 역사까지 느낄 수 있다. 남강과 진주는 희비를 거듭했다. 시내버스를 이용해 진양교-상평교 산책로를 찾으려면 상대1동 진주지방법원 앞이나 상평동 상평교 입구 버스정류소에서 내리면 된다.

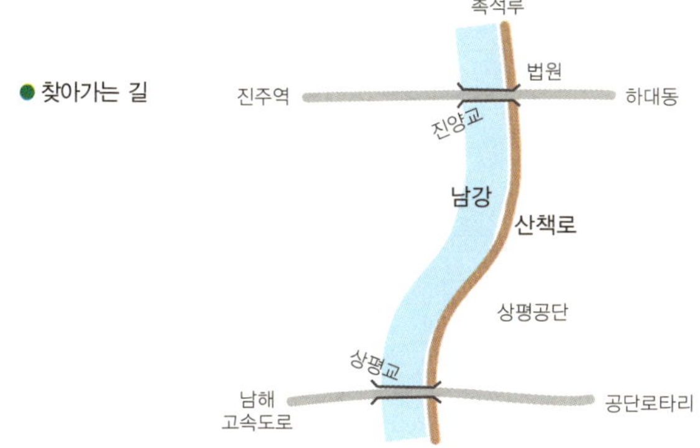

비 오는 날 주남저수지

무릇 사람에게는 그침이 있고 행함이 있다. 그침은 집에서 이루어지고 행함은 길에서 이루어진다. 맹자가 말하기를 인은 집안을 편하게 하고 의는 길을 바르게 한다고 하였으니, 집과 길은 그 중요함이 같다. 길에는 본래 주인이 없어, 그 길을 가는 사람이 주인이다.

— 18세기 지리학자 신경준의 『도로고』

그는 길과 인간이 다르지 않다 했다. 그는 백두대간을 걸어, 그 흐름을 국토의 뼈대로 세운 '산경표'를 만들었다.

비 오는 6월의 주남저수지 둑길

비 오는 날이 많아졌다. 장마철 6월엔 비가 더욱 많을 것이다. 빗줄기가 거세지 않는 날 걷기에 어울리는 길이 있다. 감성 만점, 비 오는 날 주남저수지의 둑길을 걸으면 이곳의 다른 맛이 난다.

발바닥 촉촉한 흙길, 바로 옆 호수에는 빗방울 파문이 쉴새없이 그림을 그린다. 둑길이 호수와 풀숲, 풀숲과 들녘에 이어지니 청승이 아

주남저수지 아래 동판저수지

니다. 어느 정도 비가 오면 안개마저 깃든다. 빗속에 길이 열리면 함께 걷는 사람에겐 벽이 열린다. 입구의 동판과 주남, 북쪽의 산남저수지까지 둑길은 한 시간 가까이 이어진다.

주남저수지에 들어서기 전 작고 자연스런 늪지를 먼저 만나게 된다. 동판저수지로, 홍수 발생 때 수위를 조절해주는 배수지 역할을 한다. 모암이나 가월에서 저수지 들어가는 길이 있지만 조금 더 판신마을까지 가면 저수지를 제대로 끼고 도는 산책길을 찾게 된다. 주남의 둑길보다 저수지 주변을 걷는 길로는 오히려 이곳이 더 적합하다. 무성한 물버들 사이사이 호수가 얼굴을 내밀고, 곳곳에서 호수 안으로 들어가는 좁은 통로가 연결된다. 아주 가까이 잔잔한 수면이나 운 좋게 철새의 움직임까지 볼 수 있는 곳이다.

판신에서나, 모암에서나 저수지 안쪽으로 들어갈수록 길은 물과 연결된다. 어느 때는 물이었다가 또 어느 때는 길이 된다. 한때 낚싯배가 제법 다녔는지 구석구석에 색 바랜 조각배가 눈에 띈다. 길이 물에 가까이 갈수록 저수지는 생생한 제 모습으로 살아난다. 사람과 철새와 고기가 자연스레 섞여 사는 곳이 된다. 이곳 안쪽 마을은 들어가는 길이 신비하다. 들어가 보고 싶어진다. 겨울철새의 비경을 감상하기에는 이곳이 더 좋다고도 한다. 차를 갖고 온다면 서서히, 시내버스로 왔다면 천천히 그 옆을 지난다.

철새 구경과 맞추는 저수지 걷기

알려진 대로 주남저수지는 국내 제일의 철새 도래지다. 낙동강의 끝점 을숙도에 갈대밭이 없어지면서 80년대부터 철새들이 이곳을 찾기 시작했다. 철새 구경은 매년 10월부터 한다. 이 달 중순부터 고니와 기러기류, 습지조류인 왜가리와 두루미가 날아든다. 한랭한 시베리아에서 겨울 한철을 나기 위해서. 이 때부터 이곳 간판 풍경도 볼 수 있다. 한꺼번에 1만 마리에서 4만 마리까지 무리를 지으며 구름 띠를 만드는 가창오리떼의 모습이다.

빗길을 걸어 생태학습관에 이르면 알게 된다. 주남저수지가 명성을 얻기까지 간단치 않은 역사가 그곳에 있다. 저수지를 틔워 생존하려는 농민과 저수지를 보호해 철새를 지키려는 환경단체 사이에 실랑이가 80년대 이후 계속됐다. 최근의 갈등은 전망대 앞 갈대 숲에 원인이 있다. 여기는 수문 바로 앞쪽에 토사가 쌓인 모래섬으로, 갈대로 뒤덮여 철새들이 가장 많이 모이는 곳이 됐다. 근래 모래섬 규모가 커지자, 저수지의 담수량이 적어지고 농업용수 공급에 차질이 생긴다는 이유로 섬을 없애야 한다는 주민들의 목소리가 높다.

전시관에서 산남 쪽으로 조금만 걸으면 전망대가 나온다. 이맘때 전망대 앞 모래섬에는 철새가 없지만 온갖 물풀이 경쟁을 한다. 가장 많은 종류가 물억새와 갈대다. '줄매다기' 부터 이름을 알 수 없는 물풀까지. 겨울에는 이곳에서 놓칠 수 없는 장면이 있다. 전망대의 망원경으로 모래섬 주변 물가에서 노닐거나 물을 차고 오르는 철새들을 관찰하는 일이다. 간혹 물 속에 부리를 넣고 먹이를 찾는 새들을 보게 되면 감

비오는 날 주남저수지

흥은 더욱 오른다.

산남과 동판

약간의 아쉬움은 전망대 너머 좁아진 둑길을 헤치면 모두 없어진다. 빗속의 수풀은 더욱 사각거린다. 한 번씩 보이던 사람들도 이쯤이면 끊어진다. 험하고 좁아진 길을 사람들은 잘 찾지 않는다. 뭐 그럴수록 '나' 는 더 좋다. 30분을 걸으면 둑길의 방향이 바뀐다. 산남저수지 쪽이다. 길은 대폭 넓어졌다. 농로로도 이용되는 길이다. 농토는 더욱 가깝다. 사람 사는 곳과 더욱 근접한 셈이다. 이곳에서 바라보는 저수지는 또 다른 모습이다. 입구에서보다 저수지가 배로 넓게 보인다.

제방이 다할 무렵 나타나는 횟집은 길을 돌아갈 길손에게 적당한 쉼터다. 민물 횟거리에 식사 종류, 속이 버겁다면 간단한 음료수로 왔던 길을 되씹는다. 아스라이 출발점이 보이는 것을 감안하면 간단치 않은 길이다. 그리고 주남저수지의 끄트머리에 용산마을이 나타난다. 주남과 동판, 산남 등 3개의 저수지는 수로로 연결된 180만 평의 광활한 늪지는 그렇게 끝이 난다.

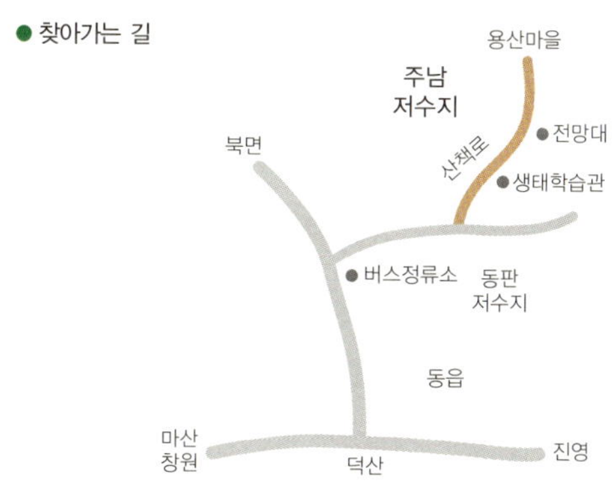

함안 입곡저수지 산책로

인공과 자연이 조화된 함안 입곡저수지 산책로

입안에 바람이 이는 듯한 숲이 함안 산인의 입곡저수지 산책로에 있
다. 중간에 길을 되돌리지만 않는다면 숲의 향기마저 느낄 수 있다. 그
향기는 독특한 성분을 갖고 있다. 성분의 이름은 '피톤치드', 소염·소
독 작용까지 한다는 특이한 존재다. 천연덕스럽게 걸을 만한 인공의 산
책로와 밟기에 푹신한 자연 속 숲길 어우러진 곳이 입곡 산책로다.

저수지 가는 길은 마산시 내서읍 쪽에서 마산-함안 간 지방도를 이
용한다. 산인고개 너머 2~3㎞ 지점의 '입곡군립공원 입구' 푯말 삼거
리에서 좌회전한다. 여기서 1~2분을 달리면 입곡마을 입구, 마을 쪽
우회전 길에 저수지 들어가는 차량들이 보인다. 메마른 저수지, 4.28㎞

라는 전체 길이가 실감되지 않는 산책로로, 익히 들었던 숲의 명성이 보이지 않는다. 어떻게 된 걸까. 이곳의 시작은 그렇게 평이하다.

산책로 입구에서 유모차를 끌고 있는 30대 여성이 인상적이다. 많아야 두 살 정도 된 아이에게 나무며, 꽃이며 이것저것 설명한다. 표정은 꽃의 생김 따라 활짝 웃었다가, 나무처럼 홀쭉해졌다가 한다. 옆을 지나며 흘낏 본 아이는 알아들을 듯, 말 듯 하는 표정이다. 이 여성은 산책로 입구부터 오른쪽 나무, 왼쪽 들꽃 식으로 계속되는 안내판을 보고 설명을 하고 있다. 왼쪽에는 붓꽃 용머리 두메부추 기린초에 노루오줌 섬초롱까지, 오른쪽엔 베롱나무 쥐똥나무 조팝나무까지 수십 종류에 대한 설명이 이어진다. 산책로 입구는 아이들보다 오히려 어른들에게 더 필요한 자연학습 장이다.

사람들은 마음대로 논다

입구에서 팔각정 가는 길 저수지 쪽에는 '휴게 데크' 라는 공간이 있다. 사람들은 여기서 낮잠을 자고, 음식을 먹고, 잡담을 나누고, 그야말로 마음대로 한다. 저수지에 물이 많지 않아 더워 보여도 살랑살랑한 바람에 그따위쯤 잊는다. 빗물을 흡수하는 아스콘 포장길은 팔각정 못 미쳐 흙길로 바뀐다. 팔각정 옆 안내판은 이렇게 설명하고 있다.

'숲은 물을 저장하는 녹색 댐이자, 천연 저수지이다'. 아하, 이제야 입곡이 숲을 제대로 보여 주려나 보다. 그런데 왜 하필 녹색 댐일까. 이어지는 설명이 있다. '스펀지 같은 숲 속 토양은 비가 오면 빗물을 머금

었다가, 비가 그치면 흘러 보낸다.'

팔각정에서 다시 산책로 입구로 돌아오는 숲 속 길은 3㎞ 가까이 이어진다는 사실을 먼저 알아야 한다. 시간도 조절하고, 마음도 조절하기 위해서다. 1㎞ 정도 갔을까. '누울 의자' 까지 놓여 있는 첫 번째 쉼터에는 이런 안내판이 있다. '숲 속에선 피톤치드 성분의 연한 숲 내음을 맡을 수 있다. 식물이 자라는 과정에서 상처 부위에 침입하는 박테리아를 스스로 퇴치하는 방향성 물질이다. 사람의 피부를 자극시켜 소염 · 소독시키고, 정신적 피로를 풀어준다.'

파충류가 사는 숲

간혹 도롱뇽 같은 게 휙 지나간다. 워낙 빨라 장담할 수는 없다. 뱀 같은 작은 파충류는 숲처럼 파란 색깔로 자신의 존재를 숨기는 듯 했다. 들어온 지 불과 30분도 되지 않은 숲은 마치 아마존처럼 깊은 모습을 얼핏 보여준다. 저수지 주변에 그렇게 많던 사람들이 숲에 들어오면 뚝 끊기는 것도 이유가 되겠다.

숲길 2㎞ 지점은 소나무 숲 속 오솔길로 이곳 산책로의 절정이다. 곧은 소나무에 푹신한 오솔길은 전망마저 뚜렷해, 그 자체로 수채화다. 더 많은 사람들이 절정의 느낌을 함께 하지 못하는 것이 아쉬울 뿐이다. 이곳의 정취는 산책로의 '입곡찬' 안내판에 담겨 있다. '장송 끝 걸린 구름 갈길 잊고 한가롭다'. 남은 길을 가지 않을 수 없지만 여기서 그만 주저앉아도 될 것 같다.

누울 의자

시간과 공을 들여야 길은 제 맛을 내게 된다. 입곡의 산책로는 족히 두 시간을 들여야 그 맛을 알 것 같다. 호수 옆길은 그 모양대로, 숲 속 산책길은 또 그 자체로 온전히 내쉬는 숨을 마시려면 그 정도의 공을 들여야 한다. 오늘 너무 급하게 서둘렀다. 중간중간 보지 못했던 호숫가 데크 위 사람들의 표정을 하나하나 다시 보고 싶다.

창원 동읍의 낙동강 백사장

낙동강의 길이는 521.5㎞, '천삼백 리 길'이라고 한다. 낙동강의 근원은 강원도 태백산맥 함백산(1573m). 그로부터 점점 더 성장하는 강줄기를 따라 사람의 영욕이 반복됐다. 함백산에 땅 밑으로 흐른 물줄기가 땅 위로 처음 나오는 곳이 태백시의 황지연못. '낙동강 천삼백 리 여기서부터 시작되다'라고 적힌 이곳에 사람들이 한가롭게 노는 모습은 낙동강을 더욱 가깝게 느끼게 했다. 천리길 달린 낙동강 강물이 창원 본포에 닿았다.

동읍 본포에서 낙동강과 함께 걷다

낙동강은 합천군 청덕면에서 황강과 합친다. 창녕 남지에서는 다시 남강과 합류한다. 몸을 불려 동쪽으로 흐름을 바꾼 낙동강은 삼랑진에서 밀양강과 합친다. 일찍이 황강 주변에 사람이 모였고, 남강이 마을을 만들었다. 밀양강이 사람을 모으고, 마을을 만들었다. 그렇게 합친 낙동강이 경상도 사람들을 먹고살게 했다. 때로는 낙동강이 사람들을 덮쳤다. 강을 따라 사람들의 영욕이 거듭됐다.

창원에서는 가장 가까이 동읍 본포마을에서 낙동강을 만날 수 있다.

시내에서 북면 마금산온천 못 가 대산면 가는 길로 좌회전을 하면 5분쯤 뒤에 본포와 창녕 부곡 가는 길이 나온다. 동읍 덕산에서 주남저수지 방향의 길을 계속 가도 본포 가는 길을 만난다. 바로 그곳 본포에 낙동강과 강변 백사장이 있다. 거기서 낙동강 강변 걷기를 시작한다.

이곳에서 숲이 우거진 그럴듯한 산책로를 찾기는 힘들다. 정취를 기대했던 강둑 길도 덤프차가 '쌩쌩' 지나는 지방도로로 점령됐다. 굉음에 밀려 강변으로 내려간다. 본포 백사장. 의령이나 청도의 싸움 소 훈련장만큼 넓은 곳이다. 사진을 찍는 사람, 산책을 하는 사람. 심지어 골프의 벙크 퍼팅 연습을 하는 사람도 있다. 제각각이다. 백사장은 마치 그렇게 제각각 놀라고 있는 것 같다. 불과 10년 전까지만 해도 강 건너 학포까지 나룻배가 다녔던 나루터가 바로 본포였다.

알 수 없는 세상

낙동강 걷기의 시작을 알리는 강둑의 허름한 찻집 이름은 〈알 수 없는 세상〉이다. 알지 못하는 채로 그냥 남겨두어도 좋다. 문을 두드려도 좋다. 분위기도, 메뉴도 독특하다. 주인이 따로 주문을 받지 않는다. 둘이 오면 두 가지, 열 명이 오면 열 가지 차를 내놓고 갖가지 차를 맛보게 한다는 독재적인(?) 방식이다. 뽕잎·감잎·국화·연잎·박하차…. 차 한잔 마시면서 주인에게 낙동강 걷기에 대해 묻는다.

지금 이곳에서는 '찻집 보존을 위한 서명운동'이 진행되고 있다. 부산지방국토관리청의 낙동강 제방 보강공사 계획에 따라 찻집이 곧 헐

알 수 없는 세상

릴 위기에 처했기 때문이다. 강둑을 더욱 높이고, 도로를 1m 이상 넓힌다는 내용이다. 찻집을 운영하는 장윤정(54) 씨는 "이 집은 유서 깊은 본포 나루에 마지막 남은 집이다. 1990년 초까지 본포에서 건너편 창녕 학포까지 배가 다녔던 나루의 흔적을 지키기 위해 서명운동을 벌이고 있다"고 했다.

인근 본포마을로 들어가면 나루터와 나룻배의 흔적을 더욱 자세히 확인할 수 있다. 90년대 초까지 30년 가까이 뱃사공을 했던 조선호(61) 씨가 살고 있기 때문이다. 그에게서 나룻배뿐만 아니라 수산장까지 오가던 장배, 화물배, 옹기배까지 이름마저 생소한 여러 가지 낙동강의 배 이야기를 들었다.

삼랑진 뒷기미 길은 아슬아슬하다

백사장에 머물지 않고, 강줄기를 따라 서서히 내려간다. 강변을 걷기 시작하는 것이다. 그러나 길은 특수해 온전히 걸을 수만은 없다. 강둑은 이어졌다 끊기고, 강변도로는 강을 바로 곁에 두었다가 10리 밖으로 멀어졌다 하기 때문이다. 낙동강과 강변의 길은 창원 동읍에서 대산면으로, 다시 밀양시의 수산으로 방향을 잡아간다.

낙동강을 감상할 만한 산책길은 곳곳에 나타난다. 강을 줄곧 보고 싶지만 길은 벗어났다 만났다 한다. 본포에서 강물에 발을 담갔고, 낙동에서 강 가장자리에 섰다. 강변의 정자에 사람들이 밤바람을 쐬고 있다. 낙동강은 거대해 보였다. 쉬지 않고 흘러 큰 줄기를 만들었다. 사람들은 그 옆에 모여 농토를 만들고, 마을을 이루었다.

낙동강 강변의 다음 산책길은 삼랑진 뒷기미 길. 김해 생림면 쪽에서 살짝 살짝 비늘 빛이 나는 시커먼 물 흐름을 보며 삼랑진 쪽으로 건넌다. 강변에 내려섰다. 정자가 있는 삼랑진교 입구에는 '뒷기미 나루터' 가는 길을 찾을 수 있다. 마을에서 강 상류 편인 오른쪽으로 들면 작은 차 두 대가 가까스로 교차하는 좁은 길을 만난다. 여기서는 낙동강과 밀양강이 합류하는 장관을 바라볼 수 있다. 깎아지른 절벽과 더욱 넉넉해진 강폭을 사이로 오솔길. 삼랑리 거족마을까지 짐짓 외로워 보이는 길은 절묘하게 이어진다.

다시 생림–상동 지방도를 탔다. 한참이나 강은 보이지 않고, 답답한 산야와 공단이 중복된다. 상동을 지나 대동면에 이르니 다시 낙동강이다. 강폭은 눈에 띄게 넓어졌다. 건너편은 양산 물금이다. 왔던 생림–

대동 길보다 건너편 산길을 달려온 삼랑진–물금 도로가 좋아 보인다.

그렇게 10분, 다시 강둑에 올라서면 부산 구포다. 엄청난 위용이다. 낙동강이 만들어낸 최대의 인간 문명이다. 걸을 만한 길이 이곳에서 다시 나타난다. 구포에서 강과 바다가 결국 만나는 낙동강 하구언까지 강둑 산책로는 계속된다. 한적하게 걸으라. 기분 나쁘면 냅다 달려라.

낙동강 본포 백사장

가덕도 눌차에서 선창까지

흔들리는 바다/ 떠도는 빗살무늬/ 어디 갔을까/ 간지러운 누야/ 조가비 물결마다/ 새하얀 기억/ 그대 무슨 연유로/ 섬에 딸린 작은 댓섬이 되어/ 봄마다 참꽃 핀 기슭으로/ 낙지며 꽂게며/ 큰 섬 아이들이며/ 살랑살랑 이끌어 가누

– 송창우 시인의 '가덕도에서 보내는 한철' 중에서

이제는 섬이 아닌 섬

가덕도는 이제 섬이 아니다. 눌차 선창, 섬의 정상 연대봉과 대항, 섬의 끝 등대 앞바다 숭어잡이까지 섬이어야 어울릴 만한 명소들이 이제는 육로로도 연결된다. 그만큼 장소의 신비함은 예전만큼 못하다. 한때 창원군에 속했다가 부산시로 편입된 뒤, 더 많은 사람들의 배편 나들이길이 됐던 가덕도. 부산과 진해에 엄청난 규모로 조성된 신항만 공사로 인해 가덕도는 맞은편 녹산까지 매립선이 그어졌다.

한때 가덕도의 눌차에서 선창까지 걷는다고 하면 황당해 할 사람도 있었다. 100m도 안 되는 다리가 두 마을을 연결하고 있는데 그게 시간 들여 걸을 만한 길인지 의심하기 마련이다. 하지만 눌차에서 배를 내려 섬 안쪽 길을 돌아 선창까지 오면 두 시간 넘게 걸릴 만만찮은 길이다.

그 길은 산책로로 모자람이 없다. 이국적인 마을길과 바다와 바다를 막은 둑길, 벼랑과 바다 사이 해안 길에다 갯벌 갈대 숲길까지 종류별로 나온다. 하나씩 하나씩 놓치지 않고 맛을 볼 만한 길이다.

가덕도는 행정명이 부산시 강서구 천가동이다. 육로가 연결된 지금도 진해 용원을 지나 녹산공단 내에 있는 녹산선착장에서 시간당 한 대씩 배가 뜬다. 경제자유구역청 바로 뒤가 선착장이다. 10분만 가면 눌차에 닿는다. 그곳에서 눌차와 선창을 연결하는 다리를 볼 수 있다. 거꾸로 선창에서 눌차 쪽으로 돌아 나와도 된다. 배는 평일 오후 6시에 끊어진다.

지붕 낮은 눌차의 섬집

내눌과 외눌, 눌차의 두 마을 안은 마치 영화 세트장 같다. 촬영이 끝난 섬마을의 섬집이 연상된다. 돌담에 낮은 지붕, 사람이 많이 없다. 문 닫은 국밥집에는 창턱 위에 먼지가 소복하고, 사람이 사는지 없는지, 지붕은 회색빛 슬레트로 내 눈높이다. 녹산에서 배를 타기 전에 보았던 대단위 신항만 조성지와는 지극히 대조적이다. 사람들은 그 길에 '눌차희망길'이라는 이름을 붙였다. 만나는 사람들 대부분은 등산객들로, 주민들 모습이 보고싶은 호기심이 들 정도다.

곧 섬과 섬을 연결한 콘크리트 둑길이 펼쳐진다. 눌차와 새바지를 연결한다. 옛날 눌차는 가덕도 본 섬과 떨어져 있었던 모양이다. 둑은 섬을 연결한 것뿐만 아니라 그 안쪽 바다를 평화롭게 만들었다. 안쪽

가덕도 눌차만 둑길

바다의 이름은 눌차만, 그쪽 말로 '개안'이다. 개안을 중심으로 눌차·선창·성북동·생교동 같은 마을이 차례차례 늘어선 것이다. 둑의 바깥쪽 바다는 전쟁터다. 검푸른 바다, 사나운 파도가 집어삼킬 듯 둑으로 달려든다. 건너편 멀리 부산의 사하와 다대포가 가물거린다.

둑 끝에 '기도원 2㎞, 동사무소 1.6㎞' 표지판이 있다. 바다와 벼랑 사이 해안길을 걷기 위해 기도원으로 향했다. 뒤에 생각하면 꼭 권하고 싶은 길이다. 특히 기도원 오르는 길은 더욱 그랬다. 솟아오른 암벽 곳곳에 사람이 올라 낚싯대를 드리웠다. 심지어 바다 속 섬 같은 바위 위에도 낚시꾼들은 어김없이 자리를 잡았다. 해안길을 그냥 걷는 사람, 바위 위에서 바다를 보는 사람, 고기를 잡으려 어떻게 건너갔는지조차 모를 섬 위에 선 사람…. 그 모든 이를 섬과 바다는 다 받아들일 모양새다.

이윽고 기도원이 벼랑 위에 서 있다. 벼랑 위에 기도원 가는 길이 지극히 평화롭게 오솔길 되어 놓여 있다. 오늘 눌차에서 선창으로 돌아오는 길의 절정이다. 한없이 이국적이고, 몽환적인 분위기로 한참이나 사람을 잡아둔다. 그 아래 너른 바위를 반환점으로 삼는다.

갈대숲 사이 아득한 추억

다시 새바지로 돌아와 둑 끝 표지판에서 이제는 생교동 마을 쪽 길로 걷는다. 눌차 출발점도, 선창 도착점도 아득하다. 막걸리 한 잔이라도 마시고 싶지만 표지판이 있는 새바지에는 가게가 드물다. '곧 나타나겠지' 하는 기대감으로 걷는다.

생교동 섬집은 눌차 쪽과 달리 빈집이 많지 않다. 비로소 사람 사는 마을의 형세를 느낄 수 있고, 집집마다 사람사는 소리며 냄새가 담 밖으로 흘러나온다. 그것에 취해 계속 갈 일은 아니다. 마을 중간에서 사람한테 물어 선창 쪽 지름길인 갈대숲길을 찾아야 한다. 20분가량 갈대숲을 걸을 수 있는 곳. 그 앞에 갯벌과 대섬이 보인다. 찾기 어려울 때에는 이를 표시로 삼아야 한다. 참고 참았던 막걸리 생각이 살짝 물러선다. 체념일 수도, 관심이 바뀐 것일 수도 있다.

갈대숲길을 잘 찾았는지 알 수 없다. 바다 반대방향의 농로로 다시 나오면 성북동으로, 동사무소가 있는 곳이다. 또 억지로 길을 만들면 성북동 옆 동선마을 앞에 닿는다. 그렇게 띄엄띄엄 갈대숲길을 걸으니 어느새 다시 배를 탈 선창이 가까웠다. 아직도 20분 가까이 더 걸어야 하지만 이제 근력도 붙었다. 결국 개안 주변을 한 바퀴 돈 셈이다. 기도원을 제외한 거리는 5㎞ 안팎에 두 시간이 걸린다. 혹사당한 다리를 매표소 소파 위에 누인다. 막배를 타려는 사람들이 저만치 오는 배를 보고 모인다.

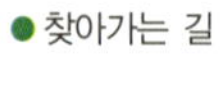

마산의 돝섬 해안일주로

옛 가락국 임금이 총애하는 후궁이 사라졌다. 군사를 풀어 찾으니 골포(마산의 옛 이름) 앞섬에서 배회하고 있었다. 신하들이 환궁을 재촉했으나 말을 듣지 않은 후궁은 금도야지로 변신했다. 끝내 군사들의 포위를 받은 도야지는 급기야 한줄기 빛이 되어 섬으로 사라졌다. 왜 후궁이 부귀를 버리고 돝섬으로 도피했는지, 그가 급기야 금도야지로 변신한 이유가 무엇인지는 알 수 없다.

– 돝섬 입구에서 읽는 섬의 전설

후궁의 운명, 도야지의 운명

그것이 가락국 후궁의 운명인지, 아니면 돝섬 금도야지의 운명인지 알 길이 없다. 다만 짐작이 가는 것은 양쪽 어느 한자리이든 충실할 수 없었던 그의 운명이다. 섬을 배회하거나 신하들의 말을 듣지 않는 후궁이나, 한줄기 빛으로 사라진 금도야지 이야기가 실체를 찾지 못하는 그의 운명을 전한다.

돝섬 입구의 왼쪽 흔들다리 아래에 일렁이는 바다는 전설 따위의 아귀에는 관심이 없는 듯 투명하다. 논리가 맞든, 맞지 않든. 배가 마산 월포동 여객선터미널을 출발해 이곳에 닿을 즈음 건너편 항구의 쇠 녹물이 조금은 정화됐다. 도심의 시민들에게는 10분 뱃길을 건너와 몸에 힘 빼는 산책길이다. 머리는 맑다. 건너편 도시의 상념이 어느덧 사라졌다. 느릿느릿 한 시간 가까운 돝섬 해안일주로. 거기서 잠시 일상을 잊는다.

여객선터미널에서 10분이면 족하다. 짧은 뱃길은 오히려 아쉬울 지경이다. 갑자기 켜지는 유람선 뽕짝 메들리가 방정맞다. 하지만 가만히 듣고 있으면 재미있다. "있을 때 잘해, 후회하지 말고. 있을 때 잘해, 흔들리지 말고." 자리 앞 아줌마들은 어느새 어깨를 들썩인다. 가사를 잘 모르는 것 같은데 대충 따라 부른다.

머리 식히는 한 시간 산책길

먼저 해안일주로를 한 바퀴 걸어서 돈다. 돝섬 전설이 새겨진 돼지 동상 쪽으로 방향을 잡는다. 몇몇 콘도와 식당을 지나야 제대로 된 산책길을 만난다. 바다를 바라보는 소나무와 느티나무, 그 사이 숲길에 이르러서야 마음을 놓는다. 소나무를 휘감은 넝쿨을 보며 원시림을 연상한다. 나무에 부딪히는 바닷바람이 시원하다. 걷다가 가끔은 뒤를 돌아보라. 방향을 바꾸며 바라보는 풍경은 언제나 다르다.

사람들. 유람선에 만났던 아줌마들이 따라 붙었다. 왁자지껄, 톤 높은 목소리에 금방이라도 숨이 넘어갈 웃음소리. 보험영업 이야기가 10m 앞에서도 들렸다. 누구누구 소장이 행사가 좋지 않다는 비아냥, 어느어느 아줌마가 한 달 사이 스무 건 넘는 실적을 올렸다는 무용담이 이어졌다. '잠시라도 일을 잊었으면…' 하는 바람이 절로 들었다. 사람

돌섬 해안 일주로

들은 언제나 일을 놓지 못한다. 그러니 경치 좋은 곳에서도 정작 경치를 보지 못한다. 가녀린 소나무 줄기 뒤로 바다건너 도심지가 시야 안으로 확 다가왔다.

일주로는 선착장을 기준으로 360도 돌아 왼쪽의 흔들다리로 마감된다. 다리 위에서는 바닷물이 훨씬 가까워졌다. 생각보다 물은 맑다. 항구의 3급수도 점차 도시와 멀어지면서 점차 제 색깔을 찾는다. 사람과 멀어지면서 맑아지는 셈이다. 바다 한쪽 솟아오른 바위 위에서 한 사람이 낚시를 해도 혐오감이 들지 않는다. 건너편 항구에서는 낚시 자체가 혐오스런 행위가 된다. 사람과 멀어지며 제 색깔을 찾은 바다를 사람이 다시 찾는다.

돝섬에서 바라본 마산 도심

곧 국화 안고 찾아올 길

일주로를 한 바퀴 걸은 다음에는 돝섬 정상의 인조광장 쪽 산책로를 걷는다. 드문드문 국화가 봉오리를 터뜨렸다. 매년 10월 말이 되면 화단의 국화가 완연하게 꽃봉우리를 틔우며 전국의 관람객을 부른다. 11월 초까지 열릴 돝섬 국화축제 때에는 섬 자체의 국화와 함께 멀리서 배타고 건너올 국화도 많다. 단일 도시로는 전국에서 국화 생산량이 가장 많은 마산시가 돝섬을 전시장으로 삼은 게 몇 해 됐다.

정상 바로 밑의 사슴 사육장에서 멈췄다. 꽃사슴 여섯 마리가 사람들을 쳐다본다. 이 놈들이 사람을 구경하는 건지, 잠시 헷갈리게 하는 천연덕스런 눈망울이다. 쳐다보는 눈동자에 호기심이 가득하다. '저게 뭐지?' 하는 듯…. 금방이라도 뛰어나오고 싶지만 울타리는 높다. 이내 포기하고 우리의 한쪽 칡넝쿨에 입을 갖다 댄다.

정상 인조광장은 국화축제 때 수만 송이의 국화 집이 된다. 이곳도 아직은 '휑뎅그레' 하다. 준비를 위해 옮겨놓은 화분이 조금씩 조금씩 자리를 차지해간다. 광장을 중심으로 전시관과 야외무대, 단체 관람객 들을 위한 야외 설비가 하나하나 배치돼 있다. 축제를 앞둔 광장은 설레는 듯 생동감을 준다. 돝섬 걷는 길의 마감점이 되기에 적당하다.

정상의 가고파 시비와 조형물을 보지 않을 수 없다. 모양이 평범한 조형물은 가곡 가고파의 노랫말처럼 '내 고향 남쪽바다 그 파란 물'을 한시도 눈 떼지 않고 바라보고 있다. "꿈엔들 잊으리요. 그 잔잔한 고향 바다. 지금도 그 물새들 날으리, 가고파라 가고파. 어릴 적 같이 놀던 그 동무들 그리워라~"

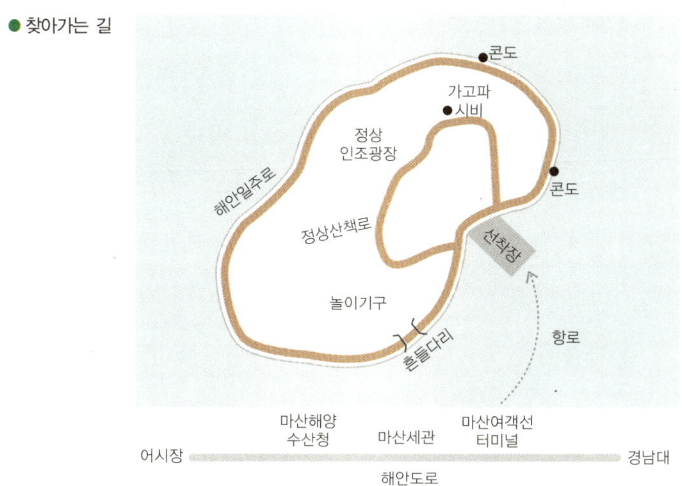

길의 향연 거제 지심도

걷다가 파란 바다와 황혼, 황금들판이나 단풍 숲이 보일 때, 걸음을 멈
추고 느끼면 된다. 단, 그렇게 보고 느낄 때에도 자신의 호흡을 알아차리
고 있어야 한다. 호흡을 놓치는 순간 바다와 황혼은 사라지고, 잡념에 사
로잡히게 된다. 어딘가에 도착하기 위해 걷는 것이 아니라 바로 여기 이
순간, 온전히 존재하기 위해 걷는 것이다.

– 탁닛한의 『걷기 명상』

일백 가지 길의 모습

산책길의 향연이 펼쳐지는 곳 거제 지심도. 그곳에는 새벽의 숲 속
동백 길이 풋풋하다. 묵묵하기 만한 전설 머금은 수백 년 고목 사잇길
이 있다. 동백을 휘감은 넝쿨 사잇길은 마치 여기가 쥐라기의 어느 곳
인지 착각하게 한다. 넝쿨은 신비감을 주고, 연인들의 알콩달콩 사연을
붙인 민박집 앞길은 닭살 같은 소름을 준다. 이 길이 끝나면 저 길로,
저 길 다음에는 또 다른 길이 전혀 다른 모습으로 나타나는 지심도는
길의 전시장이다.

일백 가지 길의 모습 중 처음 만나는 길은 장승포에서 섬으로 건너

거제 지심도

오는 바닷길이다. 이곳 지심도에 배를 타고 건너온 거제 장승포에는 유람선터미널이 두 곳이었다. 하나는 외도와 해금강 방향, 다른 곳이 지심도 가는 곳이었다. 감상할 만한 길로 바닷길이 빠지지 않는 것은 외도나 해금강, 지심도 뱃길이 다들 독특한 모습을 하고 있기 때문이다.

해금강 길이야 잘 알려진 길이다. 장승포에서는 한 시간 가까이 뱃길을 만끽할 수 있다. 금강을 한 바퀴 두르면서 곳곳의 기암괴석을 바라보는 사이 사람들은 마치 이역만리 바다 한 가운데 와 있다. 외도와 지심도는 가까이 갈수록 각각 인공과 자연의 숲이 사람들을 먼저 맞이한다는 면에서 대조적이다. 외도의 인공미는 천연의 지심도보다 더 많이 알려졌다. 장승포에서 20분이면 지심도에 닿는다. 하루 다섯 번 배가 뜨지만 여름철과 새해 첫날은 늘어난다.

이국적인 선착장 위 마을길

선착장에서 마을로 올라가는 길은 이국적이다. 섬 숲의 70%를 차지한다는 동백나무와 소나무, 별똥나무가 길을 휘감았다. 나무의 넝쿨이 하늘을 가린다. 벌써부터 느낌이 훨씬 다른 지심도의 여러 길을 예감한다. 길은 섬의 서남쪽 끝인 마흔바위로 연결된다. 중간에 국방과학연구소와 탄약고, 포진지 등 군사유적이 있다. 정작 탄약고와 포진지 같은 전쟁 유적보다 거기에 이르는 길이 볼 만하다.

포진지 가는 길 동백 우거진 숲은 곳곳에서 길이 좁은데다 더욱 무성해져 하늘을 완전히 가린다. 나무가 하늘을 가린 정원 속 오솔길 같기도 하고, 다시는 출구를 찾기 어려운 미로 속 같기도 하다. 길이가 7~8m 되어 보이는 탄약고 속에는 애써 글자를 새긴 듯한 흔적이 있다. '1965년 000' 그때 누구에게 무슨 일이 있었을까. 유적 속을 헤맬 때나 점점 깊어지는 숲 속을 걸을 때나 머릿속 상상은 또 다른 상상으로 이어진다.

다음은 대나무 숲길과 동백나무 넝쿨. 해안선 전망대로 가는 길 왼쪽에 숨어 있으니 잘 찾아야 한다. 바람을 막아주는 대나무는 섬이면 어느 곳이든 군락을 찾을 수 있다. 대나무는 또 다른 숲의 전령사처럼 입구에 섰다. 전령사를 따라 간다. 이윽고 사람만한 도롱뇽이 금방이라도 몇 마리 나타날 듯한 분위기가 됐다. 대나무를 따라 온 칡넝쿨이 동백과 어울려, 마치 원시림 같다. 머릿속의 타잔이 넝쿨을 타고 왔다갔다한다.

길의 향연은 해안선 전망대 직전에 나타나는 '동백터널'에서 절정에 이른다. 주민이 표시한 '수령 800년 동백'을 신호로 시작되는 동백터널은 숲과 길의 어울림이 자연스럽다. '터널'이라는 표현이 그 광경을 제대로 나타낼 수 있을까. 이쪽의 동백이 맞은편 나무와 뻗은 손을 맞잡고 있는 장면의 연속. 새벽 일출을 보기 위해 연인들은 공기도 나무도 풋풋한 이 길을 오고 간다.

연인들 앉을 만한 은밀한 해변
섬의 동남쪽 끝인 망루 아래 해안선 전망대에 서면 새벽이 아니라도

지심도 어촌

좋다. 일출을 보기에 가장 적합한 장소지만, 어느 때이건 활짝 열린 지
심도 남쪽 해안선을 온전하게 보여주기 때문이다. 이 위치에서 섬의 반
대쪽인 마흔바위까지 절벽 해안선이 이어진다. 로프 같은 장비를 갖춘
다면 해안까지 내려갈 수도 있다. 기분이 다를 테니까. 장비가 없다면
적어도 30분은 걸릴 것이다. 여기서는 멍청하게 남쪽 망망대해를 바라
볼 일이다. 내 눈이 바다를 보는 것이 아니다. 내 머리가 알아서 바다를
보도록 내버려두어야 한다.

　돌아오는 길에 나타난 민박집 〈동백섬피싱하우스〉에는 연인들의 이
야기가 깜찍하다. 제각각 사연을 담은 글을 읽는 기분이 깜찍하다. "아
주 오래된 연인들." 글의 끝에 그렇게 씌었다. 글을 쓴 이는 직전에 200

년 됐다는 동백나무, 100년이 넘었다는 소나무의 기이한 모습을 보지 않았을까. 오래된 나무를 보며 오랜 연인을 기대하지 않았을까. '은행나무 침대'처럼….

선착장에는 배가 나타났을까. 떠난 뒤에는 으레 불쑥불쑥 솟아오르는 '돌아가야 한다'는 생각. 여기서도 마찬가지이지만 그 강도가 훨씬 덜하다. 조금 더 머무르고 싶은 것이다. 그럴만한 장소로 적당한 곳이 전망대에서 선착장 못 가 오른쪽으로 길이 나 있는 해수욕장 길. 내려가면 얼마지 않아 해수욕장이라기에는 고개가 갸우뚱해지는 장소가 나온다. 은밀한 해변이라고 할까. 자갈 반 모래 반의 해변에서 자꾸만 바위를 때리는 파도 소리를 듣는다.

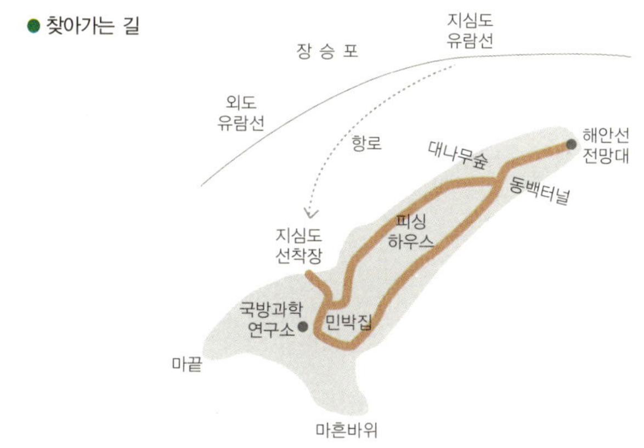

낙동강과 밀양강이 만나는 삼랑진 강변

강원도 태백의 황지연못, 작은 샘물이 고였다. 여느 샘물처럼 고랑으로 흘러 내를 이뤘다. 샘물도, 고랑도 자신이 그렇게 긴 세월, 대장정을 하리라 짐작하지 못했다. 내는 곧 천이 되고, 경상도 봉화 안동 땅을 지나며 완연한 강이 되었다. 우리가 창녕이나 함안에서, 밀양이나 김해에서, 이윽고 부산의 다대포에서 대양과 만나는 낙동강의 시작이 그랬다. 장강을 경험하는 산책길이 인근 삼랑진에 있다.

기차 타고 가는 삼랑진

낙동강을 건너는 삼랑진 다리 밑에 시원한 정취의 강나루가 있다. 물론 예전처럼 나룻배 타는 곳은 지금 아니다. 강 쪽으로 훨씬 들어간 나루 위에 사람들 쉬는 평상이 다리 위에서 훤히 보인다. 평상 천장엔 넝쿨까지 둘러쳐져 볕을 가린다. 다리 목으로 한꺼번에 모이는 바람과 넝쿨로 삼랑진 다리 밑 평상에는 한여름에도 여름이 없다. 오늘 이곳에서 숨을 모으고 강변길을 걷기 시작한다.

삼랑진 강변 길은 기차 타고 가는 길이다. 걸리는 시간도 짧고, 운치도 두 배다. 마산역이나 창원역에서 기차로 30분밖에 걸리지 않지만,

삼랑진의 낙동강, 밀양강 합류점

차를 타면 한 시간 가까이 걸린다. 삼랑진 가는 기차는 마산·창원에서 하루에 일곱 번 있고, 오늘 걷게 될 강변길에 더욱 가까운 낙동강 역에는 오전에 두 번 기차가 멈춘다. 밤길을 연인과 걷고 싶다면 마산과 창원역에서 각각 오후 8시 6분, 8시 13분에 기차를 타면 된다.

기차에서 내려 낙동강역부터 걷기 시작했다. 역사를 나서자말자 전망 훤한 강둑길을 만날 수 있다. 강의 표면은 가을햇살에 반짝반짝한다. 하늘이나 강이나 눈이 부시다. 쌀랑한 '만추(晩秋)'의 바람에 밀려 어느새 '낙동철교'에 닿는다. 방금 기차를 타고 건너온 다리다. 사람이 접근할 수 없는 철교 입구를 돌아 걸으면 '하부마을'. 그곳에 삼랑진 강나루가 있다. 오늘 걷게 될 노른자위 길은 '삼랑진교' 맞은편 '상부마을'에 좁은 입구를 내민다.

강변 따라 걷는 길

마을 안길은 삼랑진교 쪽 큰길에서 쉽게 찾을 수 없지만, 거짓말처럼 이어진다. 햇살을 받은 마을은 한쪽에 농가가, 또 한쪽에 붕어·잉어 횟집이 띄엄띄엄 자리를 잡은 구조다. 사람을 찾기 어려운 평일의 강변마을에 저 멀리 사람이 보여 반가웠다. 편한 옷차림에 이어폰을 끼고 어느 횟집 주변을 서성거리는 여인이었다.

그녀에게 물었다. 강변길은 어디까지이며, 중간중간 나타나는 마을은 또 어디인지. 이 길의 끝은 출발 지점과 같은 삼랑리의 거족마을이라고 했다. "끝까지 걸어서 30분밖에 안 걸린다"는 느긋한 말투가 돌아왔다.

"김해 생림에서 20년 전에 이사왔습니더. 그 때는 지금보다 좁은 흙 길이었지예. 가끔 차가 지나가면 길 따라 먼지가 나풀거리는…. 몇 년 전에 콘크리트 포장됐던 그 길이 얼마 전에 아스팔트가 깔렸어예. 편하긴 한데 이 길을 걸어 다니는 사람이 훨씬 줄었어예."

눈앞에 20년 전의 파노라마가 흐르는 듯, 여인은 멀리 강을 쳐다 봤다.

길에는 고비가 없다. 마루를 넘지 않는다. 흐르는 강물처럼 평평하다. 그러나 왕복 한 시간 길에 고비를 삼을 만한 곳이 있다. 강의 합류지점. 낙동강과 밀양강이 이 길의 가운데에서 몸을 합한다. 강원도 태백에 탯줄을 묻은 낙동강과 경북 청도에서 물길을 뽑은 밀양강이 여기서 만난다. 몸집을 두 배로 늘린 낙동강은 곧 흘러들 '남해' 처럼 거대하다. 한참을 서서 크게 호흡하라.

같은 상부마을에 속하면서도 강의 합류지점 너머에 있어 '뒷기미'라 불리는 마을. 그 위쪽 훨씬 떨어진 곳의 거족까지 강변길은 밀양강 강둑을 따라 계속 된다. 원근을 배우는 미술실처럼 길 아래위는 음영이 분명하다.

강은 오르고 길은 내리고

대개 길은 강을 따라 흐르는 경우가 많다. 물을 끌어들일 용도로, 또 물을 막을 목적으로 강둑을 쌓고, 자연스레 길이 된다. 낙동강 합류지

삼랑진 강나루

점으로부터 벗어난 밀양강 옆으로 만들어진 길은 흘러가는 길인지, 지금 오고 있는 길인지 방향이 모호하다. 강이 성숙한 곳에서 태어나 자란 쪽으로 지금 걸어가고 있기 때문이다.

출출한 배를 메기매운탕에 소주 한 잔이나 막걸리 한 사발로 살짝 다독여줄 수 있다. 다시 낙동강역으로 돌아오는 강둑길이 걷기에 헐렁헐렁하다. 기차는 많지 않다. 시간을 미리 확인하고 움직이는 편이 낫다.

거제 홍포에서 여차까지 3.5㎞

계획의 기본구상은 총 길이 3.5km의 홍포–여차 구간에 폭 5~6m의 해안경관도로를 조성한다는 것이다. 오는 2010년까지 일반차량출입을 통제하고, 포장공사 후 유료 트림카를 운행한다. 그 사이 주변 부대시설 설치와 같은 사업기반을 만든 후 민자유치사업으로 전환한다. 결국 수익시설로 만든다는 것을 뼈대로 하고 있다.

– 거제시 자연경관 개발계획 중에서

거제의 최남단을 걷다

해안선은 이미 속도를 내기 시작했다. 둔덕면 거제면에 동면까지만 해도 해안은 완만하게 이어졌다. 그러나 남면에 접어들면서 해안 암벽은 급해졌고, 해안선은 빨라졌다. 그 신호가 남면 홍포에서 켜졌다. 마을 언덕에서 바라보는 대병대도와 소병대도의 먼 거리 모습이 신호였다. 광경은 이전의 평이함을 한순간 떨쳐버렸다.

농사지을 땅은 작고, 어획물에 의존할 수밖에 없었던 마을. 그래서 새색시들이 한숨지으며 시집왔다던 마을은 이제 그 지지리 가난함을 벗었다. 홍포에서 달리기 시작하는 거제 남면의 해안을 관광객들이 끊

거제 홍포 넓적바위

임없이 찾고 있기 때문이다. 대병대도와 소병대도를 가장 가까이서 볼 수 있는 넓적바위 주변에 부산하게 자리를 잡은 낚시꾼들이 또 마을을 살렸다. 이제 마을은 농사와 어업에 민박까지 부치는 생동감이 있다.

쉴 틈 없이 차를 달려왔다면 일단 넓적바위에서 한숨을 돌려라. 정녕 '창해'를 느낄 수 있으리라. 조바심을 갖지 말고 족히 30분을 바위 위에 앉아 펼쳐진 자연이 여유 있게 몸에 들어오도록 한다. 작은 동력선을 빌려 크고 작은 병대도 곳곳의 바위에 가까스로 내리는 낚시꾼들을 보면 절로 감탄이 나온다.

목숨을 건 곡예 수준이다. 오히려 넓적바위 위에서 소주에 취해 벌

홍포 여차간 산책로

건 얼굴로 한가로이 낚싯대를 드리우는 사람들이 보기에 편하다. 그러
나 간섭할 필요는 없다. 털고 일어나 차로 한 고개만 더 돌아본다.

홍포-여차 산책로

거제의 바다가 이제 완연히 남쪽을 향할 때 '홍포-여차 3.5㎞ 산책
로'가 나타난다. 역시 고갯길로 여차 쪽 산책로 끝이 보이지 않지만 산
책로의 정취는 초반부터 물씬하다. 지금까지 지겹게 이어졌던 아스팔
트 포장길이 자갈 깔린 흙길로 갑자기 바뀌었다. 걸어서 가라는 뜻이
다. 이제 차를 버려야 한다. 발밑에 바스락거리는 자갈소리까지 메아리
를 부른다. 끔찍한 고요함이다. 바다 소리가 있는지 귀기울였다. 한참
아래 깎아지른 산밑의 바다는 여기까지 소리를 올리지 못한다.

한 고개를 돌았다. 저 멀리 보이는 또 다른 고개와의 사이에 여차가
있는지 찾았다. 없다. 길과 산, 바다뿐이다. 단절된 곳. 홍포에도, 여차
에도 속하지 않은 공허의 영역이다. 길이 멀게 느껴질 무렵이다. 끝이
보이지 않으니…. 산허리를 감은 길이 이곳에선 기특해 보인다. 조금
더 넓었거나, 포장된 길이었다면 산허리를 잘랐다고 욕을 들었을 것이
다. 앞으로 걷다가 뒤로 걷다가, 옆 사람을 보다가 옆 사람과 장난치다
가 제 맘대로 걸을 길이다. 혼자서 걷는다면 고래고래 노래를 불러라.

아하, 이윽고 여차마을이 보인다. '여차' 하면 닿을 곳으로 보이지만
길은 제법 남았다. 마을과 마을 앞 몽돌밭의 긴 해변, 방파제, 드문드문
보이는 개미 만한 사람들. 거제의 남쪽 끝이다. 여차에서 다음 마을 다

대로 넘어가면 해안선은 북쪽을 향하게 된다. 풀어진 다리의 근육은 힘을 되찾고 알아서 여차를 향한다. 무엇이 있길래. 걸어왔던 길만큼 여차의 마을입구는 경사가 급하다. 집집마다 민박이니 식당이니 간판을 붙인 걸 보면 마을의 생업을 알 만하다. 이곳 역시 홍포처럼 관광으로 살길을 찾은 것 같다.

산책길 그대로 두었으면

엄마의 자궁처럼 안쪽으로 '쑤욱' 들어간 여차의 해안. 방파제 위에서 50대의 경기도 사람을 만났다. 거의 해마다 숭어잡이를 온다고 했다. 낚시 방법이 희한했다. 짧은 줄의 낚싯대를 바다에 들여 이리저리 휘 젖는 것이다. 그러면 떼를 지어 몰려다니는 숭어들 중 재수 없는 놈이 냅다 걸려든다. 잡아서 회쳐 먹고, 끓여 먹고, 그렇게 사흘을 보냈다 했다. 딱히 돌아갈 날을 잡은 것도 아니다. '유유자적'이 달리 있을까. 동행한 기자는 해변에서 '제비 뜨기'를 한다. 어쨌든 제각기 편한 모양을 하게 하는 여차의 바다다.

그런데 아까 산 위에서 보았던 몽돌밭의 해변은 어딜 갔지? 마치 걸어왔던 길에 고개가 있었듯이 마을 앞 해변 끝에도 바위벽의 고개가 보인다. 분명 그 뒤에 뭐가 있을 법한 고개. 길을 걷는 사람이 바다에서 할 일 역시 해변 이곳저곳을 걷는 것이다. 누구에게 낚시나 제비 뜨기처럼 가장 자연스럽다. 과연 바위벽을 돌아서니 몽돌밭의 또 다른 해변이 펼쳐졌다. 보기 드문 지형이다. 자글자글한 몽돌 위를 걸으면 파도가 몽돌에 부딪히는 소리가 들린다. 한두 개의 소리가 모여 천이 되고 만이 된 마찰음. '쏴아아아아' 하는 굉음의 끝에 '자그르르르르' 하는 마무리 소리가 따라 붙는다.

"홍포와 여차는 지금까지 다른 지역에 비해 대규모의 기반시설 투자가 없었지만 거제에 살거나 거제를 아는 많은 사람들로부터 때묻지 않은 최고의 자연풍광으로 대접받는 곳이다. 비포장도로 구간은 최대한 현재 상태의 자연으로 유지하는 것이 효과적일 것이다." – 해양개발연구소 연구원 이수호

버려진 땅 을숙도 남쪽

이른 아침부터 저녁 늦게까지 좀머 아저씨는 그 근방을 걸어다녔다. 걸어다니지 않는 날이 1년에 단 하루도 없었다. 비가 억수로 오거나 태풍이 휘몰아쳐도 좀머 아저씨는 줄기차게 걸어다녔다. 바다에 쳐놓은 그물을 거두려고 새벽 4시에 배를 타고 일을 나가던 어부들이 해가 뜨기도 전에 집을 나서던 그를 만나기 일쑤였다. 그렇게 나간 그는 달이 하늘 높이 떠 있는 늦은 밤에야 집으로 돌아오곤 하였다. … 아저씨는 오른손에 쥐고 있던 호두나무 지팡이를 왼손으로 바꿔 쥐고는 우리 쪽을 쳐다보고 아주 고집스러우면서도 절망적인 몸짓으로 지팡이를 여러 번 땅에 내려치면서 크고 분명한 어조로 말했다. "그러니 나를 좀 제발 그냥 놔두시오!"

– 파트리크 쥐스킨트의 『좀머 씨 이야기』

새벽에 걸어 저녁에 닿을 길

을숙도는 좀머 아저씨가 걸어도 모자랄 길은 아니다. 섬 안의 도로로 한정된 길만 아니라면 좀머 아저씨가 이른 새벽부터 늦은 저녁까지 걸을 만한 끝없는 길이 나올 만한 곳이다. 밀폐공포증 환자인 좀머가 자신보다 큰 키의 호두나무 지팡이를 짚고 보통 사람들 두 배의 걸음걸

을숙도 갈대

이로 걷는다 하더라도….

을숙도의 경계는 분명하다. 낙동강 하구언 도로를 기준으로 남과 북으로 갈린다. 북쪽은 그래도 가꿔진 땅이다. 문화회관과 수변 산책로, 체육공원 등으로 '유형의 땅'이라는 옛 형벌을 감춘다. 그래서 사람들은 위로 모인다. 공연을 보고, 산책로를 걷고, 잘 다듬어진 그라운드를 누빈다.

개중 걸을 만한 길은 수변 산책로다. 바닷물에 밀려 올라온 강바람이 아직도 갯내음과 다른 제 기색을 내며 귓전을 때린다. 바람의 색깔도 갈 때마다 다 다르다. 신록의 봄엔 연 녹색의 바람이 분다. 강물이 더욱 푸른 여름엔 바람의 색깔도 푸르다. 정말 궁금한 게 하나 있다. 멀리서는 마치 강물 위의 데크(나무 산책로) 모양으로 사람을 달려들게 했던 나무 방책이다. 출입구를 꽉꽉 잠갔으니 그것도 아니다. 도대체 저게 뭐지?

늦은 봄, 살랑거리는 저녁 바람 속의 산책로는 제 값어치 이상을 한다. 길과 수풀과 바람이 제대로 어우러진다. 곳곳에 모여 운동을 하거나, 술잔을 나누는 사람들이 많은 것을 보면 을숙도 수변 산책로는 제법 명성이 있는 듯 하다.

그 아래 유형의 땅

정작 오늘 걸을 길은 도로 아래, 을숙도 남쪽이다. 구석구석 오래된 콘크리트 포장에 인적이 드문 '유형의 땅' 같은 곳이다. 게다가 곳곳을 바리케이드로 막고, 출입금지 푯말을 붙여 놨다. 차단된 땅이다.

지금은 그 기능을 다했지만 한때 부산시의 '쓰레기매립장' 이었던 탓이다. 비록 그렇게 쓰이지 않지만 땅의 외양은 예전 그대로다. 경관에 어울리지 않는 둔탁한 콘크리트 도로. 하루 종일 지켜봐도 차 한 대 지나갈 것 같지 않은 적막감이 그곳에 있다. 출입금지 푯말을 붙여 놨지만 차량이나 사람의 통행을 막지는 않는다. 예전 매립과 관련된 시설만 막으면 됐지, 무슨 의도로 인력을 들여 사람들 통행을 막는단 말인가.

그렇게 차단된 땅을 흐느적흐느적 걷기 시작하면 느끼게 된다. 섬의 대부분을 덮은 갈대와 갈대 숲 사이 스며드는 바람을. 왼쪽에 폭이 넓어져 광활해진 낙동강은 이제 곧 남해와 만날 참이다. 이렇게 하나하나 특별한 존재들이 어느덧 어울려 때로는 스산함으로, 어떨 땐 비장함으로 걷는 사람을 따르게 된다.

을숙도의 남쪽 끝에서 정적으로 차단된 길을 걸어온 성과를 본다. 이제는 바다가 된 섬의 갈대 숲, 그 뒤로 강과 바다의 만남을 목도한다. 강원도 태백의 황지연못에서 발원한 낙동강이 521㎞를 달려와 이곳에서 남해로 영생하는 것이다.

그 끝을 한 바퀴 도는 길

섬의 끝에 어울리지 않는 존재가 남쪽 끝의 '철새 전망대' 다. 들어올 입구에서 차단기로, 또 푯말로 길이란 길은 죄다 막아놓고 전망대라니…. 어쩌면 '상관하지 말고 들어오시라' 는 것 아닐까. 하지만 아직도 겉모양이 남은 쓰레기매립장에다 둔탁한 콘크리트 도로를 해놓고 갑자기 철새전망대가 나오니 웃음이 나온다. 전망대 안에 들어가면 한편으로 이해도 된다. 철새들이 워낙 사람들의 접근에 민감하기 때문에 전망대가 불가피하다는 설명이 그 안에 있다.

을숙도 남쪽 끝에는 광활한 갈대밭이 남아있다. 처음엔 이어진 섬인 줄 알았다. 그러나 그 사이엔 강물인지 바닷물인지가 흐르고, 갈대밭도 그 위에 얹혔다. 묘하게도 콘크리트 도로가 전망대를 가운데에 두고 섬의 끝을 삥 둘러 놓였다. 전혀 풍경에 어울리지 않던 길도 분위기에 어우러져 오히려 회색의 정취를 자아낸다. 방치된 땅에 자존심 갖고 남은 고집스런 존재와 같다.

길의 앞날이 궁금해졌다. 매립장은 기능을 다했으니 이 길이 그대로 있을 것 같지는 않다. 개발독재가 세상을 풍미할 때 어디 쓰레기 매립할 곳이 있었으랴. 사람 없는 땅을 골랐을 테니 철새들의 땅을 찾았겠지. 이제 유형의 시간도 지났으니 사람들은 이곳 천혜의 땅이 가진 값어치를 알게 됐을까.

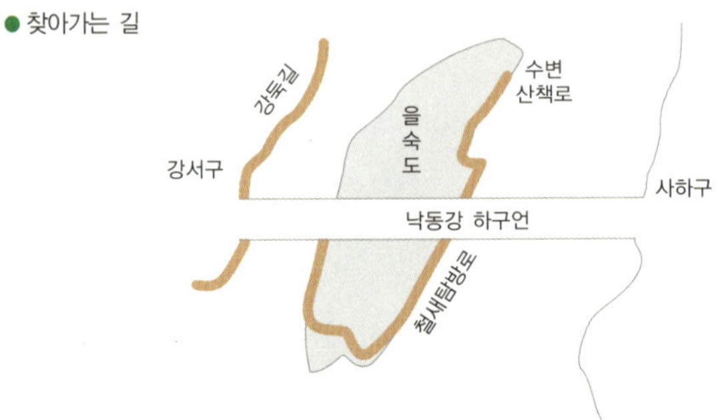

부산의 다대포 몰운대

자꾸만 마음속에 욕이 튀어나온다. 뭐라고 해도 내가 잘못한 건 이만큼 밖에 없다. 주변 사람들 잘못이 더욱 커 보인다. 그런데도 나만 미안해하지 그들은 전혀 미안한 기색이 없다. 아, 이래 가다가는 보고싶은 사람이 하나도 없겠다. 의욕이 없다. 보고싶은 사람이 눈에 얼른얼른거리는 설렘을 다시 맛보고 싶다.

낙동강 하구언을 통해 다대포로

그럴 때 나는 마산의 집 옆 동마산 인터체인지를 통해 남해고속도로 위에 차를 올렸다. 어떨 때엔 속도계의 바늘이 140㎞에 이르기도 했다. 하지만 감시카메라가 나올 때면 죽어라 하고 브레이크를 밟았다. 나의 분노는 속도위반 벌금 6만원을 넘지 못한다. 그렇게 30분만에 닿은 곳이 김해공항 입구 인터체인지. 다시 그곳에서 낙동강 하구언 방향으로 강둑을 옆에 낀 도로를 달린다. 강둑을 차안에서 보고 있으면 오히려 답답하다. 내려서 저 위를 걷고 싶다. 하지만 오늘 갈 곳이 아니다.

낙동강 하구언으로 빠지는 길은 부산 사하구의 하단 방향에 있다. 어렵지 않게 찾을 수 있다. 하구언은 부산 강서구 명지와 하단을 잇는

다대포 아이들

역할을 한다. 이쪽은 강이고, 저쪽은 바다라 하지만 구별은 불분명하다. 바다 쪽 한참 아래에 명지대교를 짓는다 하니 하구언의 이런저런 스토리도 그쪽에 뺏길 판이다. 하구언 끄트머리 하단 입구에서 일찌감치 오른쪽 다대포 방향으로 차를 꺾는다. 그 길 끝에 다대포의 광활한 해변과 오늘 걸을 길 '몰운대'가 있다. 도로는 이제 바다를 끼고 흐른다.

한참을 걸어 다대포의 백사장 끝에 가면 한바탕 뜀박질을 한 것 같다. 모래도 아닌, 그렇다고 갯벌도 아닌 어중간한 해변이 쉽게 발걸음 옮기는 길이 아니다. 거리는 학교 운동장 몇 개를 합쳐놓은 정도다. 바람은 혼을 빼놓을 듯 강하다. 눈물이 핑 돌고, 정신이 없을 정도다. 유치원 아이들은 꽃게를 잡는다며 차가운 바람 속에서도 30㎝ 40㎝ 모래를 파 들어간다. 대학생들이 발야구를 한다며 냅다 질러버린 배구공은 바람에 날려 하늘에서 뱅글뱅글 돈다. 해안은 굽고도 길어서 연인들은 신난다.

몰운대에서 남해안은 기수를 북으로 돌려

몰운대는 다대포의 중간 자라목처럼 바다 쪽으로 쑤욱 나온 지형의 끝에 있다. 당연히 앞이나 옆이 모두 바다다. 그러다 보니 구름과 안개가 심할 때에는 지형 전체를 뒤덮어 버린다. 그래서 '몰운대' 라는 이름을 얻었다. 하여 안개가 자욱한 새벽 몰운대 길을 즐겨 찾는 사람도 있다. 구름과 안개에 갇히는 이곳 풍광은 조선시대 때에도 같았나 보다. 선조 때의 동래부사 이춘원은 이렇게 노래했다. "호탕한 바람과 파도는 천리요, 만리/ 하늘가 몰운대는 흰 구름에 묻혔네~"

다대포 해변에서 몰운대로 접어드는 입구는 빽빽하고 훌쩍한 소나무로, 밖에서는 보이지도 않을 지경이다. 소나무는 맹렬하던 바닷바람을 잠재우고, 풋풋한 흙길에 그늘을 드리운다. 흙길 밟는 소리가 들린다. 아쉬운 건 소나무에 하나같이 달려있는 작은 표찰의 산만함이다. 뭔가 싶어 봤더니 '아바멕틴 유제 주사' 라고 씌어 있다. '소나무 재선충 예방약재' 라는 설명도 함께 달렸다. 사람들에게 달려드는 AIDS처럼 가공할 번식력으로 소나무마다 구멍을 낸다는 재선충의 위력이 느껴진다. 소나무는 언제나 사람 곁에서 당연히 지켜주는 나무는 아닌 것이다.

　전망대 가까이는 벌써 바람이 다르다. 해변의 맹렬했던 바람의 기세가 다시 살아났다. 차가운 바람은 경쾌하다. 예전 이곳에 전망대가 있었는가. 지금은 그 자리에 허물어진 진지가 대신 자리를 잡았다. 철조망이 걷혀 있는 걸 보니 얼마 전까지 군사시설이었던 모양이다. 앞에는 등대가 있는 지섬이요, 그 옆에 모자섬이 제비를 뜨듯 앉았다. 섬의 이쪽과 저쪽 바다가 생긴 모양이 다른 것 같다. 이곳 다대포까지 서쪽으로, 서쪽으로 달려온 남해의 해안선이 이곳을 경계로 서서히 기수를 북쪽으로 돌리기 때문인가. 다대포의 몰운대가 그렇고, 영도의 태종대, 남구의 오륙도가 똑같이 튀어나온 지형의 끝에서 기수를 돌리는데 신호를 보내는 역할을 한다.

●찾아가는 길

다대포 솔숲길

산사 가는 길

하늘에 걸린 고성 문수암 길
연화산 옥천사 길도 좋아라 | 지리산 대원사 오르는 길
창원 성주사 가는 길 | 통영 미륵산 용화사
사천 곤양 다솔사 길 | 해인사 일주문에 이르다
스님들의 행선, 서암에서 벽송사까지

하늘에 걸린 고성 문수암 길

마땅히 현상에 머물지 않고 마음을 열어라. 소리와 향기, 맛 촉감 법에

머물지 말고 마음을 열어라. 마땅히 머무름 없이 그 마음을 쓸 것이니라

― 문수암에서 받은 '금강경 사구게' 중에서

안개에 가려 보이지 않는 문수암 길에는 마음이 두 눈을 대신했다.

하늘에 걸리고 안개에 젖은 길

고성군 상리면 문수암 가는 길은 청량산 중턱에 걸쳐져 마치 하늘 위에 걸린 길 같다. 문수암에서 약사전, 보현사에 이르는 길은 더욱 그렇다. 소복한 낙엽 밟히는 숲 속 산책로도 아니다. 호숫가 제방이나 강둑을 따라 이어지는 푸근한 나들이 길도 아니다. 가파르게 이어지는 길에는 오늘따라 안개가 자욱하다. 장마철에 접어들면서 청량산 안개는 더욱 잦아질 것이다. 하늘에 걸리고 안개에 젖은 길이 신비하다. 새 소리마저 잦아드니 마치 산 것이 없는 것 같다.

문수암에 가려면 우선 고성군 상리면에 닿아야 한다. 마산·창원 등

고성 문수암

지에서는 고성읍을 거쳐, 진주 방향에서는 고성읍 방향 33번 국도를 쫓으면 상리에 이른다. 국도 위에 문수암·보현사 푯말을 신호로 목적지에 다가간다. 청량산 산길이 높아지면서 사람은 하늘에, 산은 바다에 가까워진다. 그 위치에서는 맑은 날 남해 한려수도의 창해가 한눈에 들어온다.

안개를 비집고 길을 헤쳐 문수암에 올랐다. 벼랑 위에 자리잡은 문수암에 오르려면 자연스레 허리가 굽혀진다. 숨이 차오른다. 숨 한 번 돌리기 위해 허리를 폈다가 다시 한 발 내딛는다. 허리는 다시 굽혀질 수밖에 없다. 힘들어도 이렇게 자세를 낮추면 마음이 편해진다. 자신을 낮추려 하거나, 뭔가에 의지하려 하면 사람이 편안해진다는 점을 문수암 오르는 길에 배운다. 맑은 날 암자를 오르다 뒤돌아서면 다도해를 실감한다. 하늘이 바다고, 바다가 하늘이다.

의상대사가 600년대에 만들었다는 문수암 안내글을 읽으면서 '스님이 세운 절은 도대체 몇 개나 될까' 하고 생각했다. 인근 개천면 옥천사도 그가 세웠다. 글 끝머리에 "법력으로 만들어진 문수보살 상이 석벽 사이에 있다"고 기록됐다. 아니나 다를까, 맨 위 법당 뒤에는 석벽 사이를 한참이나 올려다보는 사람들이 있다. 그 안에 있다는 보살상은 공력을 들여 10분을 넘게 올려다봐야 사람 눈에 보인다고 한다. 그렇게 10분을 넘게 서 있는 사람도 있고, 1분도 못돼 체념하고 돌아서는 사람도 있다.

"그냥 잘 봐요. 누구나 보이죠"

아무리 쳐다봐도 보살 같은 건 보이지 않는다. 도대체 뭐가 있단 말인지 고개만 아플 뿐이다. 들은 방향대로 눈 또렷하게 뜨고 쳐다보니 뭔가 보살 닮은 돌 뭉텅이가 있는 것도 같다. 하지만 형체를 내가 구분할 수 없는데 어떻게 고개를 끄덕거릴까. 방법을 생각한 끝에 바로 앞 수행방 스님을 부르기로 했다.

스님은 고분고분 바위 앞까지 동행했다. 질문 끝에 설명도 달아 주셨다. "무슨 공력요? 날씨요? 그것도 아니에요. 그냥 잘 봐요. 누구나 보이죠." 그리고 바위 밑에서 손가락 끝으로 방향을 가리켰다. "저기 있잖아요. 보살 형상이. 안 보여요?" 두어 번 보이지 않는다고 했다가 미안해서 포기했다. 형체는 보이지만 머리와 몸, 눈 코 귀 구분이 되지 않았다. 머릿속에는 여전히 '공력' 생각뿐이었다.

문수암을 내려와 약사전까지 깨끗하게 닦인 포장도로를 걷는다. 안개로 한 치 앞을 분간할 수 없지만 예전 방문했던 맑은 날을 기억한다. 그 때는 가을이었다. 청명한 가을 하늘에 바다와의 경계가 멀고도 조화로웠다. 그 하늘을 걷어다 '쭈욱' 짜면 '파아란' 물이 쭈르륵 흐를 것 같았다. 약사전에는 보기에 우람한 황금빛 불상이 바다를 등지고 앉아 있다. 해가 뜰 무렵 여명과 불상의 황금빛이 만나면 금상첨화라는 지킴이 보살의 설명이 있었다.

약사전에 서면 문수암에서 보이지 않던 보현사가 보인다. 안개만 없다면. 벼랑 위는 아니지만 보현사도 경사 위에 세워진 건 마찬가지다. 사뿐히 내려서는 길은 안개 때문에 폭신하다.

미궁의 절 보현사

세 갈래 길, 어디로 가야할지 분간할 수 없다. 맨 윗길부터 하나하나 찾기로 했다. 윗길은 납골묘 가는 길이었다. 중간 길. 좁은 길에 일주문이 나왔고, 법당이 이어졌다. 삼존불은 밖에, 예불을 하는 법당은 안에 있다. 맨 아래 길은 건물의 1층으로 통했다.

오늘따라 보현사에는 한 분의 스님도 만나지지 않는다. 날씨 탓인가. 장마와 안개가 보현사의 신비와 정적을 불렀다. 그렇게 한 시간을 보냈다. 법당에서, 법당 석굴 불상을 보면서, 또 요사채 바로 위 작은 법당을 서성이면서. 스님을 만나기가, 아니 사람을 만나기가 이렇게 힘들 줄 몰랐다. 스님 없는 절을 한 시간 넘게 헤매고 다닌 건가?

그러나 문득문득 보이는 신발이 사람을 더욱 애타게 했다. 궁리 끝에 전화를 했다. 열 번 넘은 벨 울림에 비구니승이 전화를 받았다. "여보세요. ~ 아, 여긴 선방인데요. 신도님들을 받을 여력이 없습니다. 가까이 문수암으로 가시는 것이 좋을 듯 합니다." 더 이상의 대화는 없었다. 아담한 절, 하지만 언덕 아래에서 층을 올려 콘크리트 괴물이 돼버린 요사채 안에서 전화 속의 스님은 수행 중이었다.

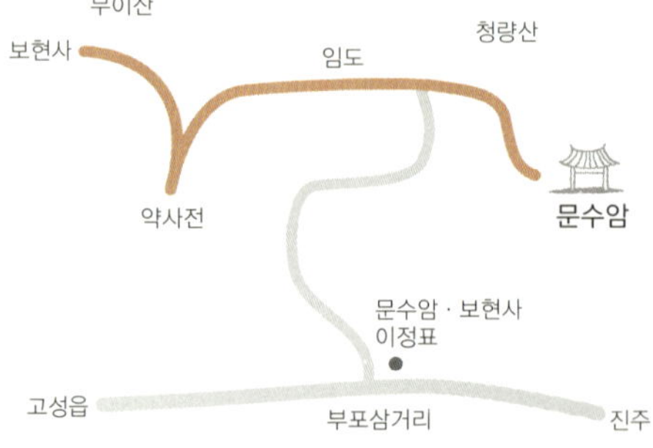

연화산 옥천사 길도 좋아라

원율사라는 스님이 중국 당나라의 고승 혜해 스님에게 물었다. "스님도 도를 닦기 위해 노력하십니까?" "그럼! 배고프면 밥 먹고 피곤하면 잔다네." "그거야 모든 사람이 다 하는 일 아닙니까? 그렇다면 그 사람들도 스님처럼 도를 닦는다고 할 수 있겠군요?" "그렇지 않네. 사람들은 밥 먹을 때 밥은 먹지 않고 머리나 굴리고, 잠잘 때는 잠자지 않고 온갖 것을 꾸미고 비교하고 있지. 그게 나와 다른 까닭이야."

– 『길을 걷는 자, 너는 누구냐』 중에서

길 좋은 절, 절 좋은 길

옥천사의 여름은 서늘하다. 한 여름 뙤약볕은 그보다 깊은 옥천사 숲을 뚫지 못한다. 연화산이 절을 안고 있다. 산의 형상이 연꽃을 닮았다 하여 이름이 붙었다. 오늘 산책로는 주차장에서 옥천사까지 천천히 걸어 20분 정도 걸리는 길이다. 연화산을 제대로 느낄 수 있는 등산로는 여기서 그치지 않는다. 옥천사에서 백련암–정상–청련암을 돌아 다시 옥천사까지 세 시간이면 충분하다.

고성군 개천면 지방도에서 옥천사로 접어드는 길은 고즈넉하다. 몇

옥천사 오르는 길

몇 식당과 숙박지가 절 입구임을 차분하게 알린다. 이어지는 작은 연못은 고요하다. 시원스레 흘러내리는 계곡이 있을 법 하지만 옥천사 입구의 차분한 분위기에 맞게 자리를 대신하고 있다. 곧 나타난 매표소의 스님이 이채롭다. 매표원 역할을 하고 있다.

색다르게 스님이 입장료를 받고 있는 터라 얼마를 불러도 다 받아들일 듯 했지만 그래도 요금은 비싸다. 어른 넷, 아이 하나에 승용차 하나를 합쳐 7600원이다. 대부분의 경우처럼 공원입장료에 사찰 출입료를 함께 받기 때문이다. 이럴 때 가족 사이에는 어김없이 가벼운 실랑이가 생긴다. "돌아가자", "여기까지 와서 돌아가요?". 차량을 매표소 직전 주차장에 세워놓고, 5분을 걸으면 주차료가 절약된다.

진입로에 누가 차를 갖다 대!

옥천사 진입로는 걸어야 제 맛이다. 차량을 그 위에 올리면 자기도 손해, 남도 손해다. 사실 그렇지 않은 절 길은 없다. 길은 넓고 나무는 높다. 늦가을 도토리가 풍성한 참나무에 소나무, 느티나무의 모양새가 여느 나무와 다르다. 옆으로 뻗은 가지가 없고, 위로만 키를 키웠다. 가지에 손을 댔을까. 김정희의 세한도에 나오는 키만 큰 소나무가 여기 있다. 때문에 숲은 가려지지 않는다.

5분을 더 오르면 옥천사 일주문이 나온다. 그래서 일주문 안은 더욱 그럴 듯 하다. 10월 하늘과 단풍을 천연색으로 담은 숲길이 또 한 겹을 벗긴 채 사람 앞에 선다. 이렇게 걷는 시간이 진짜배기다. 싸웠던 사람들도, 인상 찌푸렸던 사람도, 걷기에 지쳐 짜증내는 아이들도 이쯤 오면 얼굴이 활짝 핀다.

20분을 걸으니 옥천사가 수줍은 듯 입구를 슬며시 내준다. 바로 거기 정묵당은 절 입구답지 않게 초라하다. 절집은 대웅전 앞 자방루에서 특이한 모습으로 호기심을 끌어낸다. 저게 뭐지. 저 안에 뭐가 있지. 모양에도 연대가 오래돼 도 문화재로 지정된 자방루 안은 너른 공간으로 때에 따라 법회나 제사가 열린다 했다. 잠시 들떴던 기분은 수수하기만 한 대웅전에서 다시 가라앉는다. 위용을 자랑하지 않는 곳이다. 건물 사이에 숨겨진 공간일 뿐이다.

따분함 떨치는 스님의 장난

큰 사찰처럼 건물이 띄엄띄엄하거나 큼직큼직하지 않는 이곳에 마침 겨울을 날 양식이 어울리지 않는 중장비 차량 짐칸에 실려왔다. 젊은 일꾼들이 어른덩치 만한 쌀 포대를 하나씩 옮기자 육십 넘은 스님이 장난스레 나섰다. 나도 한 포대 져 보랴. 곁에 있던 보살은 아유 질 수 있겠어요. 져 보지 뭐. 그러고는 곧장 오른쪽 허리를 움켜쥐고는 어이구 이거 안 되겠는데 하며 게걸음을 한다.

스님의 우스꽝스런 장난이 절집의 모양새를 닮았다. 스님은 어느새 자방루 처마 밑에 쭈그리고 앉았다. 뭘 그리 찍어 샀누? 나도 하나 찍어 줘. 렌즈 속 스님의 표정은 금방 무표정해진다. 덧없다고 느끼시는가. 그러나 어느새 마음이 편안해진다.

옥천사 자방루
처마끝의 스님

신라시대 의상대사가 절을 창건한 천년고찰. 절을 중건한 것이 1600년대 조선 인조 때로 훌쩍 500년을 넘겼다. 임란 때 불탄 절을 학명스님이 연꽃 모양의 산에 절을 다시 지으라는 꿈을 좇은 이후 지금까지 그 모양새로 내려왔다. 입구에서 한 걸음 한 걸음 절이 가까워질수록 세월의 향기를 느낄 것이다. 육중한 역사의 걸음을 목도할 수 있을 것이다. 그 느낌 함께 하는 길이 된다.

옥천사 걷는 길은 절 집에 딸린 청련암, 백련암과 같은 암자를 쭈욱 돌아보는 것으로 갈무리가 된다. 경내를 빠져 나와 산정 방향의 청련암까지는 제법 땀을 흘리며 오른다. 숲이 깊어지면 가슴도 그만큼 시원하다. 옥천사 진입로나 여기나 깔끔하기는 한결같다. 천천히 20분을 걸으면 청련암이, 다시 방향을 바꿔 그만큼 걸으면 백련암이 나온다. 호젓한 마음으로 가족과 함께 걸을 수 있는 곳이다.

길을 제대로 찾으면 옥천사는 마산에서 채 40분을 넘기지 않는다. 마산-통영 국도를 타고 가면 고성읍 가기 전에 배둔이 나온다. 이곳 화산삼거리에서 우회전해 개천면으로 접어들면 10분 후에 옥천사 입구를 만난다. 가벼운 마음으로 들어와 가볍게 걸어라. 가볍고도 무거운 마음으로 돌아가리라.

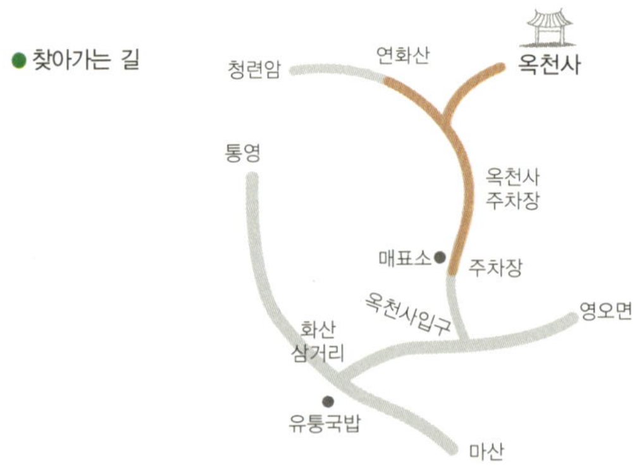

지리산 대원사 오르는 길

그에게 화두는 지리산이다. 산에서 돌아 나오면 곧바로 그리움이 밀려
드는 곳. 지리산에 오르는 이유를 알기 위해 그는 언제나 사진을 찍는다.
가지고 올라 간 필름이 떨어지지 않는 한 절대 산밑으로 내려오지 않는
다. 그에게 지리산은 박무택의 에베레스트와 같다. 그는 에베레스트에서
얼음이 된 박무택과 닮았다

– 17년 동안 지리산만 찍는 사람, 임소혁(2005년 8월 전라도닷컴 기사)

지리산에서는 지리산 이야기를 하자

오늘 지리산 날씨는 비가 왔다 흐렸다 한다. 산 아래에서 볼 수 있는
지리산 특유의 유장한 능선을 오늘 볼 수 없다. 그래도 산 아래로 위로
춤을 추는 안개가 볼거리를 대신한다. '영산'이라 생각하면 무엇이든
그 요소가 되는 듯하다. 산에 가까워질수록 산행을 함께 한 동료들의
세상 이야기가 귓전에서 멀어진다. 동료들이여, 지리산에서는 지리산
이야기를 하자.

대원사 매표소에 차를 세워 비가 오는 산길을 걷기 시작했다. 계곡
은 간밤의 폭우까지 합쳐 세상을 삼킬 듯 급류를 만들었다. 말짱한 날

대원사 배롱나무

씨에 땀 흘리는 산행을 기대했었다. 그러나 지리산 빗물은 왠지 달랐고, 탐욕스런 계곡 물까지 영험하게 느껴졌다. 아하, 지리산이라서 그런가 보다. 지리산이라면 다 통하는 그런 게 있다. 남원 구례 산청과 함양, 하동 등 지리산의 범위는 여러 도를 아우르지만 이 지역들은 별도의 연대감으로 그 차이를 뛰어넘는다. 하물며 중산리 계곡이나 대원사 내원사 계곡, 하동의 의신 계곡에만 앉아있어도 사람들은 이미 지리산 품에 들었다는 마음으로 넉넉하다.

매표소에서 대원사까지 가는 길 자체는 운치가 없다. 콘크리트 포장이 돼 차량의 바퀴나 좋아할 법한 길이다. 때로 바닥에 고인 물을 튀기며 지나가는 차량에 욕을 하며 걷는다. 길은 위로 흐르고, 계곡 물은 아래로 향하니 위로 걸어야 한다. 중간중간 숲에 가렸던 계곡의 흐름이 산줄기와 함께 나타나면 사람들은 탄성을 지른다. 앞에 욕을 한 것도 잊고…. 속세를 넘어 사바세계로 들어가는 순간이다.

우람하고 육중한 길

대원사까지 30~40분, 길은 곳곳에서 성격을 바꾼다. 관심 가져 보면 색깔도 다르게 느껴진다. 특히 길 중간 '맹세이골 자연관찰로' 안내판의 길 제목은 재미있다. 대원사 계곡의 숲 속 친구, 이야기덩굴, 때죽나무와 쪽동백 이야기 같은 식이다. 뿐만 아니다. 싸리나무의 이용과 구분, 소나무와 우리의 문화, 매미 이야기, 당산목 이야기, 뽕나무 감나무 이야기…. 끝이 없다. 돌아와 생각하니 그냥 지나친 게 아쉽다.

산이 깊어질수록 우렁차다 못해 육중해지는 계곡의 물 흐름소리. 그 소리가 마치 맹수의 포효로 들리는 이유를 곳곳에 세워진 재난방송 스피커에다 1998년의 집단희생을 알리는 경고판으로 알 수 있다. 당시 여름 폭우로 지리산 계곡에서만 80명 이상의 희생자가 생겼고, 그중 30여 명이 이곳 대원사 계곡에 집중됐다. 그냥 '무섭다'는 표현만으로 미치지 못하는 격앙된 자연의 감정을 우레 같은 계곡의 물 흐름으로 실감한다.

어느덧 나타난 대원사 일주문. 여기쯤 오면 단체 방문자들의 대오도 뿔뿔이 흩어진다. 두 명씩 세 명씩, 제각각 편한 발걸음으로 맨 앞과 뒤 끝의 간격이 한없이 벌어진다. 총총히 앞을 보고 걸어가는 사람들, 이곳저곳 기웃거리다 못해 계곡까지 내려가 일일이 사진을 찍는 사람들. 같은 생각 같은 모양을 하는 것보다는 보기에도 훨씬 재미있다. 어차피 다들 지리산에 들어있는 것이니까.

하늘아래 첫 마을

대원사의 구조는 독특하다. 보통 절 가운데에 있는 대웅전은 한쪽으로 자리를 비켰다. 그 옆 정중앙에 '원통보전' 간판이 걸린 건물이 있다. 한쪽에 비켜있을 법한 요사채가 그 옆에 앉아 일반 참배객들이 묵는다. 대웅전 처마와 옆 건물의 처마가, 또 그 옆 요사채 처마가 부딪힐 듯 맞서있다. 치마폭처럼 가운데가 옴폭한 양쪽 처마가 너울진 모습이 운치 있다. 대웅전 처마 끝에 걸린 베롱나무 꽃이 화사하다. 건물을 다닥다닥 붙여 지은 것에 특별한 연유가 있는지, 스님에게 물었다. 빙그레 웃던 스님은 간단하게 "절터가 좁아요" 하고는 오히려 미안한 듯 기자를 쳐다봤다.

절 옆으로 하늘 아래 첫 마을이라는 '유평' 가는 길이 조금 좁게, 똑같은 모습으로 놓여 있다. 저만치 아래에 있던 계곡은 성큼 올라와 숲에 가렸던 형체를 드러냈다. 바위와 부딪히면 어김없이 아가리를 벌리는 계곡의 급류는 점점 더 흉측함을 더해간다. 결국 계곡과 호흡을 같이 하지 못하고서는 여기를 벗어나지 못한다.

하늘 아래 첫 마을 유평은 그리 높이 있는 것처럼 보이지 않는다. 예전의 학교는 수련원이 됐고, 계곡 옆에는 여느 곳처럼 민박집이나 식당

대원사 다리가 절을 알린다

이 자리를 잡았다. 드디어 지리산 천왕봉에 오르는 등산로가 나온다. '치밭목 6㎞' 표지판을 보면 과연 산의 위용을 느끼게 된다. 한여름 비가 온 뒤 수풀로 우거진 등산로를 헤치는 기분은 유별나다. 촉촉한 빗방울이 드러난 피부를 감으면서 지리산을 피부로 실감한다.

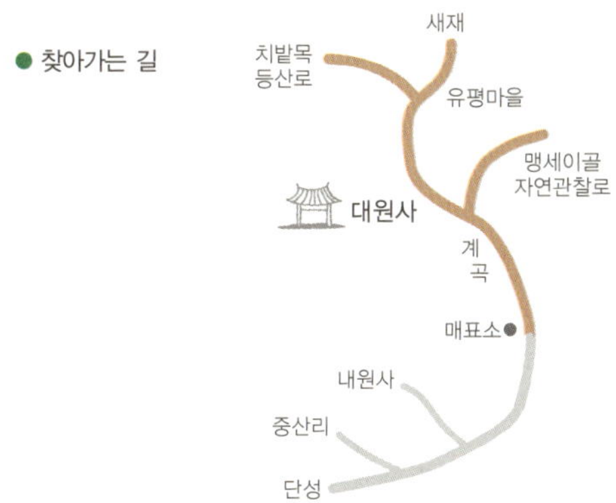

창원 성주사 가는 길

하루아침에 화를, 원망을, 불평을 세 번만 하면/ 그날은 마음에 꾸정물이 가라앉지 안해!/ 머리도 아프고, 배도 아프고, 소화도 안되고/ 아픈 데가 자꾸 생겨서 필경 병원에 가야돼!/ 그 병을 만드는 놈은 누구냐?/ 바로 나여! 자신이 자신의 병을 만들어서/ 의사한테 목을 매다는 게 어리석은 사람이여~

– 성수 스님의 '절에 가는 이유'

일찌감치 차를 벗어나야 할 성주사 길

창원 성주사의 절터 맨 위. 아마 스님들 수행하는 방이리라. 해가 뉘엿뉘엿 넘어가는 너댓 시쯤 이곳의 한가로움을 엿본다. 도심에서 불과 10분 거리. 풍경소리만 딸랑딸랑 하는 무아지경의 세계가 지척에 있음을 왜 몰랐을까. 어쩌겠는가. 마음에 '꾸정물'이 가득 차 있는 것을. 그래서 있어도 보이지 않음을….

승용차보다 시내버스를 타면 1㎞가 넘는 안민동과 성주동 사이 성주사 진입로를 온전히 걸을 수 있다. 걷는 거리가 대폭 짧아지지만 승용차를 이용할 경우 절 200m 전 무료 주차장에 차를 세운다. 절 바로

성주사길

성주사길 끝

아래에도 주차장이 있지만 여기에 차를 세우면 걷는 즐거움이 없다. 실재 그 차이는 크다.

도로 옆 숲 속에 길이 있었으면 하는 바람이 들 즈음 관음보살 입상이 나타난다. 얼굴의 형상이 뚜렷하지 않은 것을 보며 숱한 세월의 풍상을 느낀다. 하지만 넉넉한 관음보살의 자비심이 전달된다. 침묵으로 '이제 이 길로 가라' 는 신호를 보낸다. 그 끝에 성주사 입구의 건

는 길이 보인다. 구비 너머가 보이지 않아 마치 한참이라도 걸어야 할
듯하다.

짧고 굵은 성주사 길

바로 아래 주차장 가는 찻길과 구분되는 길은 갑자기 깊어진다. 자
락이 점점 더 숲 속으로 들어가기 때문에 길은 어두워진다. 울창한 숲
사이로 걷는 사람들의 얼굴에 나뭇잎이 어른거린다. 무늬로 너울진 그
들의 표정이 어느새 푸르다. 깜찍한 숲 속 산책로는 그러나 짧다.
200m가 될까 싶다. 성주사 입구 '동종'까지 이어질 뿐이다.

길은 언제나 넉넉히 걸어야 만족감이 찾아온다. 그런데 절 입구까지
진입로는 너무 짧다 싶다. 역시 1㎞ 아래 성주사 입구 도로에서부터 걸
었어야 했다. 그러나 절 안에서도 길을 연장할 방법이 있다. 주변을 한
바퀴 도는 길을 걸으며 걷기를 연장할 수 있다. 대웅전 방향으로 바로
들어가지 않고, 불모산 쪽 오르막길을 곧장 오른다. 길은 절의 뒤란으
로 이어진다. 마음 같아선 산으로 조금 더 오르고 싶지만 '상수원보호
구역' 푯말에 가로막힌다.

길 끝에 울려 퍼지는 묘한 대금 소리를 따라 간다. '염화실' 가운데
방에서 흘러나오는 소리였다. 갑자기 얼굴을 맞댄 상황에 스님도 놀라
고, 기자도 놀랐다. 미안함에 황급히 발걸음을 돌렸다. 대금 소리가 녹
음된 것이었는지, 직접 연주된 것인지 알 수 없었다. 계단 길로 대금소
리도 따라 내려왔다.

스님들이 수행하는 곳 같은데도 그 흔한 '외인 출입금지' 푯말이 보이지 않았다. 절에서 흔히 보게 되는 문구가 '출입금지'라는 표현이다. 스님과 신도의 구분, 수행처와 일반적인 장소의 분리를 위해 어쩔 수 없는 측면이 있지만 너무 흔한 푯말 때문에 속이 답답해질 때가 많다.

예불로 마감하는 성주사 걷기

대웅전의 저녁예불. 역동적인 법고 소리는 다시 세상을 깨우고, 육중한 범종은 오히려 은은하게 울림으로써 더욱 더 먼 거리로 소리를 확산한다. 때가 되면 법당 안의 징 소리가 예불 시작을 알린다. 쉴새없이 이어지던 신도들의 108배도 이즈음 잦아들며 숨소리조차 들리지 않는 정적이 법당 안을 채운다.

이윽고 예불의 시작. 추석 뒤 휴일을 놓치지 않은 신도들이 '오분향례'에 맞춰 염불하고 절하고, 묵주를 돌린다. 108배에 가까웠는가? 어느 신도의 윗도리가 등짝에 달라붙었다. 곧바로 이어지는 예불문 낭송. 신도들은 지극한 마음으로 자신의 생명을 던져 귀의하겠다고 했다. "지심귀명례, 지심귀명례…"

일반적인 관람시간이 아닌 저녁예불 뒤의 사찰 참배는 전혀 다른 느낌을 가져다준다. 분위기는 고요와 안정, 곳곳에서 정진의 소리가 전해진다. 어스름의 평화로움을 어디 한낮 관광객들이 쉴새없이 오가는 사찰마당에서 느낄 수 있을까. 이 시각 스님들의 수행을 방해하지 않더라도, 신도들 대상의 기도과정에 참여하지 않더라도 그냥 기웃거리며 지켜볼 수 있는 진수다.

성주사 입구를 지나가는 시내버스는 마산 내서읍과 창원 소계동에
서 각각 출발한다. 내서읍에서는 행선지가 성주동으로 표시돼 있는 일
반버스와 좌석버스를 찾는다. 창원 소계동에서는 성주동까지 운행하는
일반버스가 있다. 마산의 댓거리에서도 좌석버스가 성주사 입구까지
운행한다. 오늘 덜컹거리는 버스 속에서 절과 절길을 상상해보라.

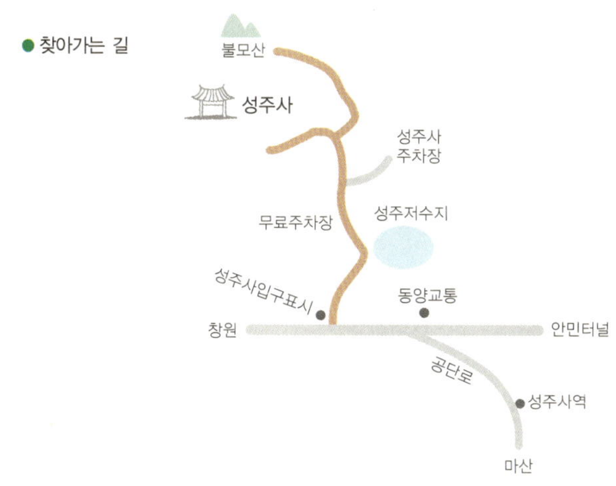

통영 미륵산 용화사

화두를 학문적으로 풀려고 해서는 안 된다. '이것은 뭐고, 저것은 뭐다' 라는 식으로 머리가 작용해서는 안 된다는 말이다. 그렇게 해서는 살아 있는 화두가 될 수 없다. 화두란 '자신의 온 몸과 온 마음이 화두에 대한 의심 하나로 뭉쳐진 것' 을 말한다. 화두가 살아있기 위해서는 자기 자신을 완전히 비워야 하고, 자기 자신이 완전히 죽어야만 한다. 그렇게 될 때 새로운 경지가 펼쳐지게 된다.

— 『길을 걷는 자, 너는 누구냐』 중 일본 고카쿠지 방장스님의 가르침

통영 사람들의 산책로

미륵산 용화사 입구를 백구, 황구 두 마리가 느긋하게 지키고 있었다. 금방이라도 쫓길까봐 쭈뼛쭈뼛 그 곁을 지나 경내를 둘러보고 사리탑으로 갔다. 훤칠한 탑신 밑에 백구와 황구는 똬리를 틀고 먼저 와 있었다. 신경 쓰지 않는다는 듯 하품까지 했다. 백구의 이름은 '개순이', 황구의 이름은 '해탈이' 라고 했다. 지나치게 불공평한 이름의 두 지킴이는 어슬렁 어슬렁 보광전 뒤쪽까지 또 먼저 갔다. '너희들 갈 길 내 먼저 간다' 하는 듯. 그들이 불가에 입문한 내력이 궁금했다.

흐렸던 날씨가 어느새 말끔하게 갰다. 날씨 때문에 흐려 보이던 단풍 색깔이 깔끔해졌다. 쌀쌀하게 불어대던 바람도 잦아져, 단풍잎은 마지막 숨을 연장했다. 금방 사라질 불꽃처럼 제 색깔을 피워 올렸다. 통영시 봉평동 미륵산 등산로 입구의 단풍잎이 그랬다.

이 길을 찾기 위해 통영 시내에 들어서 미륵도 관광특구 푯말을 따랐다. 곧 통영항을 한 눈에 담을 수 있는 충무교를 지났다. 바로 나타나는 용화사 표지판. 통영중학교를 통과해 미륵산 등산로 입구에 닿았다. 통영 시민들이 가장 많이 찾는다는 이곳 등산로 입구는 소란하다. 독특한 모양의 조형물부터 줄을 지은 아이들. 등산을 마치고 흠뻑 젖은 땀방울에 들떠 있는 어른들. 소나무 느티나무 굴참나무, 가지각색으로 늘어선 나무들이 입구의 번잡함을 단 5분 만에 없애버렸다.

예향 통영의 기운 불어넣는 곳

만난 사람들은 예향 통영의 숨결을 이곳 미륵산이 불어넣었다고 했다. 윤이상의 악상에, 유치환·김춘수의 시상과 박경리의 영감에 미륵산의 호흡이 작용했다고 했다. 부르기에 주저할 것 없는 거장들. 그들도 여기서 호흡했다고 했다. 숲 속 산책로에서 단번에 느낄 수 없는 그 기운을 산의 능선에서, 정상에서 체험하고 싶었다. 단상이나마 느끼고 싶었다.

통영시 정양동에 사는 방준호 씨가 이런 궁금증에 답을 했다. "천지의 뿌리는 같다고 했습니다. 인물이 나는 데에는 그만한 자연이 따르기 때문이겠지요. 윤이상이나 박경리나 어린 시절 미륵산을 오르며 살았습니다." 사람들은 그 예를 따르려는 듯 부지런하게, 때로 느긋하게 미륵산에 오르고 있었다. 끝내 자신을 소개하기를 마다하는 뜻밖의 안내인. 통영 사람 평균의 인식이리라 간주했다.

10분을 오르니 길은 미륵산 정상과 용화사 방향으로 갈렸다. 갈림길을 표시하듯 마치 성벽 같은 관음암의 특이한 담벼락이 우뚝하다. 스님들이 공부하는 선방이라고 했다. 그 위에 서서 보면 두 갈래로 갈리는 사람들이 보인다. 그들 대부분은 정상을 쫓는다. 아주 적은 사람들이 택하는 용화사 산책로는 인적마저 뜸하다. 조용한 길은 곳곳에서 나무 받침대로, 낙엽의 색깔로 모양을 바꾸며 걷는 사람을 재미있게 한다. 어울리지 않는 길옆의 철조망이 거슬릴 뿐이다. 마침 용화사에서 공양을 끝낸 관음암 수행승들이 기자가 가는 길을 거슬러 올라왔다. 그들의 공양길은 곧 행선의 현장이라고 했다.

이윽고 닿은 용화사가 궁금했다. 스님은 이곳을 미래의 부처가 산다는 뜻의 '미륵산', 여러 사찰의 본산이라고 했다. 아우르는 도솔암, 관음암과 함께 신라시대에 만들어진 고찰이다. 알고 보면 미륵산이 있는 섬 미륵도처럼 불교와 관련된 섬 이름은 통영에 한둘이 아니다. 세존도와 욕지도, 연화도 등 그 예는 한둘이 아니다. 과연 미륵산 본산 용화사의 역할이 어느 정도였을지 짐작할 수 있다.

미륵산 하산길

백구와 황구

이 무렵 예의 백구와 황구를 문득 만난 것이다. 시간을 두고 절 곳곳을 어슬렁거리던 백구와 황구가 천연덕스럽게 절과 어울려 보이는 데에는 이유가 있었다. 어미와 새끼 간인 이들 중에서도 수놈인 황구 '해탈이'가 어떻게 그런 영광스런 이름을 얻었을까, 궁금해 물었다. 종무소 보살은 아무 것도 아니라는 듯 담담하게 말했다. "그 놈이 원래 말을 잘 듣지예. 그래서 붙은 이름 아닙니꺼" 개순이가 낳은 또 다른 수놈은 말을 안 들어 이름조차 얻지 못했다니, 하늘과 땅 같은 차이다.

용화사에서 다시 등산로 입구로 내려가는 길은 앞섰던 길보다 훤하다. 더욱 넓고 곧다. 정상에서, 절에서 이 길을 내려가는 사람들은 말이 많아진다. 아까부터 눈엣가시였던 철조망은 지치지도 않는다. 도대체 왜 여기다가? 계곡 쪽에 보이는 '용화못' 때문이었다. 상수원 보호구역을 표시했다. 사람들 마실 물 때문이라지만 철조망이 산책로를 따를 필요가 있을까.

하지만 사람들의 얼굴엔 그런 불평이 섞이지 않았다. 온몸에 흠뻑 받은 미륵산의 기운이 그런 것쯤이야 장애로 여기지 않는 듯, 개념치 않는다. 산의 기운이 그 아래까지, 또 사람들에게 넓디넓게 미쳤다.

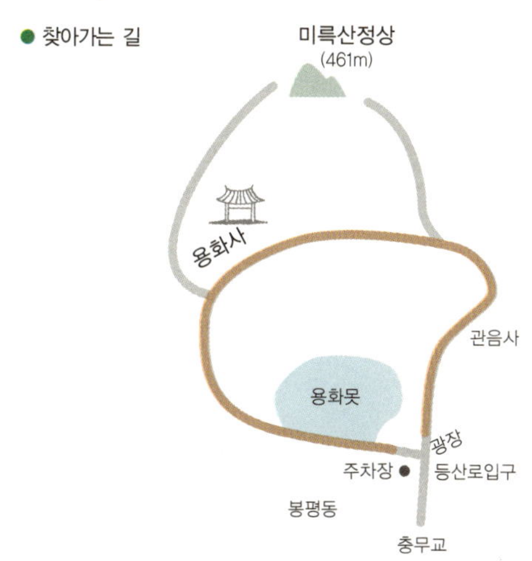

사천 곤양 다솔사 길

숲 속을 걸으면 나무가 발산하는 피톤치드와 테르펜이 인체의 병균을 죽이고 스트레스를 없앤다. 특히 울창한 숲이나 계곡의 물가에 많은 음이온이 우리 몸의 자율신경을 조절하고, 혈액순환을 돕는다.

– 남상남의 『걷기 운동 30분』 중에서

다솔사 솔숲을 지나 폭신한 봉명산 산길로

봉명산에는 가운데 다솔사를 중심으로 왼쪽 보안암과 오른쪽 서봉암이 양 날개 모양으로 앉아있다. 산아래 주차장에서 다솔사까지 이름 그대로 풍성한 솔숲 사이를 걷는다. 다솔사 옆 등산로에서 2㎞ 거리에 보안암이, 오른쪽으로 3㎞를 오르면 서봉암이 나온다. 등산로라 해도 가파르지 않기 때문에 산책길로 손색이 없다.

다솔사의 솔숲은 절의 역사를 반영하듯 아득하다. 절이 만들어진 해가 신라 지증왕 때인 503년. 그동안 다섯 차례 이상 중수(重修)에 중수를 거듭했다지만 어디 솔숲이야 그만큼 영향을 받았을까. '고색창연' 한 맛은 오히려 숲이 더하다. 어디든 오랜 솔숲의 소나무는 마디마디가 휜 곳이 많다. 풍상에 맞서, 혹은 풍상을 피해 요리조리 꺾여 올라

다솔사 오르는 길

간 소나무의 기둥에서 '기개' 보다는 '연륜' 을 느낀다.

　다솔사 앞에는 한 무리의 관광객들이 안내원의 설명을 듣고 있다. "신라 때 연기조사가 절을 만들었습니다" 여기까지는 안내판 대로다. "만해 한용운 선생이 한때 이 절에서 수도했습니다. 소설가 김동리 선생은 이곳에서 저 유명한 등신불을 썼습니다." '아는 만큼 느낀다' 고 했던가. 그 순간 적멸보궁(진신사리가 보관된 대웅전)과 대양루 사이 어느 곳에서 몸이 절반쯤 불에 오그라든 일그러진 얼굴의 등신불이 나오는 듯 했다. 절 옆에 지천으로 늘린 녹차밭 사이를 걸으면 향긋한 찻잎 냄새가 머리 속에 먼저 떠오른다.

다솔사 뒤켠길

봉명산 곳곳에 좌선할 만한 숲

'봉명산 등산로'라고 쓴 일주문이 특이하다. '자, 이제 오르기 시작
하라'는 의미인 것 같다. 곧 두 갈래 길. 앞서 말했듯 왼쪽은 보안암, 오
른쪽은 서봉암 가는 길이다. 다솔사 오르는 길이 풍성한 솔숲에 비해
아스팔트 포장으로 격을 떨어뜨렸다면, 이 길이 폭신하게 걷는 느낌으
로 충분히 보상한다.

보안암 가는 길 어딘가에 다른 나무 둘이 하나로 합친 모양의 '연리지'가 있다는 이야기를 들은 기억이 있다. 그러나 오늘따라 걸음을 재촉하다보니 그 신기한 형상을 발견하지 못했다. 길 또한 사천 앞바다가 보인다는 보안암까지 가지 못하고, 등산로가 시작된 지 1㎞ 지점의 휴게공간을 반환점으로 삼았다.

곳곳의 숲 속 정취는 사람들을 그냥 걷게 두지 않는다. 앉아서 쉬게 하고, 눈감고 바람을 맞게 한다. 좌선의 기본을 안다면 그대로 따라해도 좋을 곳이다. 복부의 움직임에 집중해 들숨으로 배가 불러오면 '일어남'이라고, 날숨 때 배가 꺼지면 '사라짐'이라고 알아차린다. 때로 코의 언저리에 집중해도 좋다. 자연스럽게 호흡하면서 코끝과 입술 사이에서 일어나는 감각에 집중하면 하지 않아도 될 잡념은 사라진다.

숲 속 곳곳에 앉아 눈감으면 이렇게 호흡할 수 있고, 호흡이 지속돼 잡념이 사라지면 마음의 평정을 얻을 수 있다.

짧게 들이마시고 길게 내뱉어라

내리막길에는 숲의 깊이가 더하다. 어느 한 길 사람 손이 닿지 않은 곳이 없어 비록 원시림은 아니지만 길의 소담함이 더 없다. 내려올 때에도 마치 좌선을 하듯 호흡에 신경을 쓴다면 역시 잡념이 덜하다. 숨을 들이마실 때는 하나 둘, 두 걸음을 뗀다. 내뱉을 때는 이산화탄소라는 나쁜 성분을 뿜어내야 하는 만큼 네 걸음을 천천히 뗀다. 다솔사 스님이 전통적인 행선 호흡으로 소개한 내용이다.

봉명산 오르는 길은 봄에 피는 생강나무꽃으로, 또 늦가을에 피는 용담꽃으로 유명하다. 봄·가을이야 어느 산인들 뽐을 내지 않으랴마는 적절한 소품이 운치를 더하게 한다니 때맞춰 찾아볼 만하다. 오늘 찾지는 못했지만 산책로에서 절 건너편에 차밭도 있다니 운 좋으면 스님에게 차 한잔 대접받는 은혜가 따른다. 다솔사에 딸린 여러 암자에서 차 대접을 받았다는 이야기를 흔히 듣게 된다.

다솔사 아래 주차장에 이를 때면 마음도 몸도 온전히 추슬러졌음을 느낄 수 있다. 혹 너무 추슬러 배까지 출출하다면 찾기에 적당한 식당이 주차장 근처에 있다. 승용차를 갖고 온 사람들은 다시 남해고속도로 곤양IC로 길을 잡으면 되겠고, 버스를 타고 온 사람들은 인근 곤양면에서 돌아가는 차편을 기다리면 될 것이다.

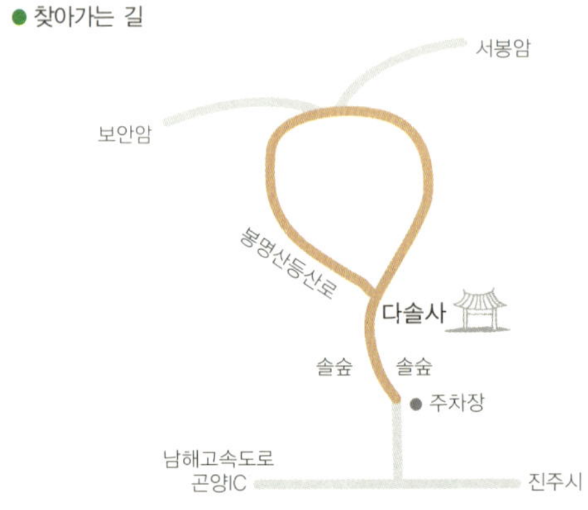

해인사 일주문에 이르다

왜 수행을 해야 하는가? 수행을 하면 보잘 것 없는 일도 즐거운 마음으로 할 수 있다. 툭 하면 다투던 주변 사람들과도 웃고 지낼 수 있다. 비록 가진 것이 없어도 행복을 느낄 수 있게 된다. 살아가면서 겪는 숱한 고통과 괴로움에서 벗어나 어디에도 걸림이 없는 대자유를 얻게 된다. 물론 교리와 이론을 통해서도 괴로움을 없애고 대자유를 얻는 방법을 알 수 있다. 그러나 아무리 잘 알아도 자기 자신은 괴롭고 자유롭지 못하다. 진정한 안락과 자유를 얻게 하는 것이 수행이다.

– 『길을 걷는 자, 너는 누구냐』의 닫는 글

1200년간 절 주변을 감돈 새벽

새벽예불을 마친 시각은 오전 4시 30분. 새벽 어스름은 칠흑 같은 어둠 속을 조금씩 비집고 들었다. 예불을 끝내고 스님들을 따라 그들이 묵는 수행처까지 따라갈 수는 없는 일이었다. 할 일이 묘연했다. 그래서 생각난 게 어제 들어왔던 산사의 도보 진입로를 천천히 걷는 일이었다. 아름드리 나무와 깊고 깊은 계곡 사이로 은밀하게 연결되던 합천군 가야면 해인사 길을 새벽 어스름 속에서 다시 걷고 싶었다.

해인사에는 전날 저녁공양 전에 들어왔었다. 산사에 들를 만한 시간
으로 전날 저녁에 들어와 다음날 새벽에 나가는 것이 좋다는 개인적 믿
음 때문이었다. 관광객이 없는 사찰의 조용함, 하룻밤 묵으며 예불에
참석하는 구체적 만남 같은 요소가 있다. 그래서 미처 보지 못했던 곳
이 주차장에서 일주문에 이르는 길 곳곳의 생김새였다. 새벽길이 환할
까 마는 안개 속 풋풋한 공기를 마시며 다시 걷고 싶었다.

해인사 일주문을 나와 진입로를 거슬러 나오는 길에 의외의 싸움
이 있었다. 어둠과 빛의 대립, 밤과 새벽 사이의 싸움이었다. 이맘때
쯤이면 별빛이 하늘을 꽉 채우고 있을 만도 한데 오늘따라 자취조차
없다. 그러나 새털같이 촘촘한 여러 날에는 환상 같은 별빛을 볼 수
있다 한다. 보지 못한 별빛을 소리가 대신한다. 생생한 새벽의 소리.
풀벌레, 일찍 일어난 새, 1000년 묵은 고목에서 나는 기괴한 충돌음.
"끼리리리릭 끼리리리릭" 고목의 신음은 대성당의 현관문 소리를 연
상하게 한다.

되살아나는 예불의 기억

가족들에게 사찰의 예불을 알리는 법고 소리를 들려 주라. 느리지
않는, 조용하지 않는 의외의 전투력이 그 속에 있다. 스님 서너 분이 돌
아가며 울려대는 법고는 박진과 역동 그 자체다. 이어지는 범종. 그 소
리는 절을 떠나갈 듯 달리던 마음을 되잡는다. 은은하게 만방을 깨우
고, 장중하게 만 사람을 일으킨다. 해인사 일주문을 벗어나는 길 중간

해인사 새벽길

새벽안개 속에 어제 봤던 예불의 기억이 피어오른다.

이윽고 해인사 입구 도보 진입로가 시작되는 성보박물관 주차장에 도착했다. 어스름은 이미 걷혔다. 동이 텄다. 여기서 다시 절까지는 1㎞다. 이 시각 계곡소리는 유난스레 우람하다. 숲이 깊다는 것이다. 사람이 걷는 길과 차가 다니는 길을 나누었다. 자동차 전용로는 저 아래에서 시작됐고, 지금부터 인도와 앞서거니 뒷서거니 한다. 도로에 드리워진 아름드리 나무의 줄기가 어찌나 무성하던지 햇볕 없는 새벽에도 그늘이 지는 듯 하다.

산사 가는 길의 다른 이름은 '가야산 자연관찰로' 중간중간 숲이며 나무며 새들을 설명해놓았다. 조금 올라가면 길은 더 작은 길을 뻗어낸다. 금강굴 · 보현암 가는 길, 약수암 · 금선암 가는 길이 갈라진다. 숲속의 나무는 갓 초등학교에 입학한 아이들처럼 제 얼굴만한 이름표를 달고 있다. 졸참 느릅에 팥배나무 대팻집나무 같은 낯선 이름도 보인다. '진짜 나무' 라는 뜻의 참나무가 그 가족으로 상수리 갈참 굴참 떡갈 신갈 졸참 등을 두고 있다는 게 신기하다. 그 뜻도 흥미롭다. '옛날 짚신바닥에 깔았다 해서 신갈' 하는 식이다.

발걸음은 바람을 가른다.

해인사 500m 앞 금강굴 · 보현암 들어가는 길에는 아침 일찍 산보 나온 스님 발걸음이 한가하다. 팔을 벌려 휘휘 저으며 바람을 가르고, 그 모양으로 발걸음을 앞으로 뗀다. 6.25 와중인 1951년 한 공군 장성은 해인사 어느 지점을 폭격하라는 상부의 명령을 어겼다. 절로 피신한 인민군 900여 명을 소탕하라는 명령이었다. 그러나 당시 폭격용 네이팜탄 몇 발이면 해인사 주요 건물이 파괴된다는 것을 이 장성은 익히 알고 있었다. 그는 끝내 명령을 어겼고, 오히려 오늘날 이름을 남겼다. '김영환 장군' 그는 그 후 1954년에 죽었다. 그러나 비에는 그 사이의 인과가 없다.

해인사가 가까울수록 아까 들었던 고목의 울음소리가 더욱 잦아진다. 1200년 된 절 주변엔 함께 1200년을 넘긴 고목들이 많은 탓인가. 어떻게 들으면 "끼리리리릭 끼리리리릭", 또 어떻게 들으면 "끄르르르르릉 끄르르르르릉". 기괴한 소리다. 사람의 짧음, 사람의 가벼움을 탓하기라도 하는 듯 괴성을 지른다. 숲길과 물길이 같이 흐르는 듯 하더니 어느새 해인사 일주문이 마중을 나왔다. 일주문 바로 앞에서 원당암 홍제암 가는 길이 갈린다.

이제 새벽 어스름은 완전하게 걷혔다. 완연한 제 색깔의 광명 세상이다. 마치 일주문으로 사바의 세계에서 벗어나 부처의 정토로 드는 듯 하다. 나무아미타불 관세음보살, 나무아미타불 관세음보살….

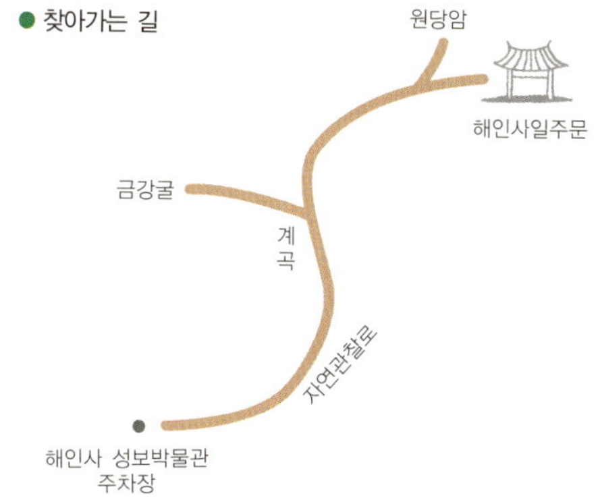

스님들의 행선, 서암에서 벽송사까지

가능한 한 천천히 걸으면서 발에 주의를 모아 발의 움직임을 관찰한다. 처음에는 왼발, 오른발 하고 마음속으로 외면서 움직이고 있는 한쪽 발걸음만 알아차린다. 집중이 향상되면 한 번의 발걸음에서 관찰해야 할 것들이 늘어난다. 발을 들어서 앞으로 이동하고 바닥에 놓는 과정을 분리하여 듦, 나아감, 놓음 하고 이름을 붙여 관찰한다. 다음 단계에서는 똑같은 과정을 (발을 들고자 하는) 의도, 듦, 나아감, 놓음, 닿음, 눌림의 여섯 과정으로 나누어 이름을 붙여가며 알아차린다.

– 미얀마 위빠사나 수행법의 '행선'

지리산 서암에서 몸을 숙이다

기도는 기원에 가깝다. 그것이 무엇이든 바라는 것이다. 절이든 교회든, 성당이든 어디든…. 지극히 개인적인 바람을 이루어 달래는 기복이든, 진리를 향한 정진이든 간에 기도는 기원이다.

그러나 100% 뭔가를 바라는 것은 아니다. 몸을 숙인 그 자체로 마음의 평정을 얻기 때문일 수 있다. 눈을 감고 고개를 숙이는 행위, 손을 모으는 행위, 몸을 한없이 굽혀 절을 하는 행위 모두가 편안한 마음을

벽송사 옛터

가져다 준다. 그 대상이 절대자이기 때문이 아니라 자신을 숙이는 행위
자체가 사람을 편안하게 한다.

지리산 칠선계곡의 서암은 신비함 그 자체다. 지리산 산맥의 품속에
서 등뒤로 멀리 천왕봉을, 바로 앞에 연화봉을 마주하고 있는 점에서
기본을 갖춘다. 게다가 오늘은 눈에 보일 듯 굵은 빗줄기에 계곡과 연
화봉에 안개까지 꿈틀꿈틀 댄다. 암벽을 깎아 만든 절의 기형적 모양까

지. 석굴 속에 천불을 새겨만든 법당이 그렇고, 암벽을 깎아만든 수행처와 요사채가 또 그렇다.

석굴법당 안은 으스스하다. 무섭다기보다 서늘하다. 거기 앉아 기도의 여러 자세가 주는 편안함의 정도를 시험한다. 먼저 서서 눈감고 합장하기, 다음 꿇어앉아 기도하기, 마지막엔 삼배까지. 서 있든 앉았든, 정지된 자세에서 마음의 안정과 집중을 기하기는 어렵다. 오히려 반복된 행동이 마음을 더욱 편안하게 한다. 그래서 수행 정진을 거듭한 스님들이 몇 날 며칠이고 참선할 수 있는 것인가. 스님에게 소원비는 법을 물었다. "합장하고 관세음보살 관세음보살 하세요."

새벽예불 뒤 벽송사로

4시 30분, 예불을 끝낸 새벽의 칠선계곡은 물소리가 굉음에 가깝다. 어제 폭우가 내려 더 그런 것 같다. 그 무거움을 재잘재잘하는 온갖 새소리가 한결 가볍게 한다. 하룻밤을 보낸 신비한 암벽사이의 도량 서암에서 벽송사까지 걷기로 한다. 1㎞ 조금 넘는다고 했다. 추성리를 통해 올라온 두 절의 갈림길에서 벽송사 쪽은 서암보다 조금 멀고 가파르다. 칠선으로 향하는 작은 계곡이 있어 걷기 힘든 경사진 길을 눅인다. 이마에 땀이 맺힐 즈음 새벽 어스름 속에서 절이 나타났다.

벽송사 입구는 생각과 다르다. 언덕 위에서 앞뒤 시원하게 뚫려있을 것 같았다. 그러나 절은 연화봉을 바라보기만 할 뿐 앞뒤 뚫린 언덕 위에 있지 않았고, 몇 채의 건물에 밭떼기 몇을 아우른 평범한 모양을 하고 있었다. 하기야 이곳은 스님들이 수행하는 곳, 승방으로 유명하다. 공부해야 하는 곳이다. 생각해보면 절의 앞뒤 경치로 스님들을 홀려서는 아니되는 곳이다. 1520년 조선 중종 때 벽송 지엄대사가 절을 다시 만들고, 이후 서산 사명 등 조선의 여덟 명승이 여기서 수행했다 한다.

절에는 법당이 많지 않다. 오히려 곳곳에 스님들의 방이 딸렸다. 이른 시각이라 눈에 띄는 사람이 없다. 조심조심 법당으로 쓰이는 원광전에 들르고, 삼층석탑이 있다는 옛 절터를 찾았다. 절의 윗길이다. 지금껏 걸어온 길보다 훨씬 높다는 느낌을 주는 곳이다. 삼층석탑 주변의 옛 절터는 아래와 달리 전망이 훤하다. 석탑 앞에 '벽송'이 고고하게 서 있다. 절의 이름을 증명함인가. 6.25 때 빨치산의 근거지로 쓰였다는 이 절이 전쟁 와중에 소실되고, 이후 중건되는 과정에서 터를 아래로 옮겼다 한다. 아래보다 조금은 좁은 탓인가.

벽송사에서 서암까지 행선

터를 기준으로 길을 둘러 이번엔 대나무 숲길로 들어갔다. 30~40m가량 될랑가. 짧은 대나무 숲길에서 수행하던 스님들이 휘파람도 날리고, 노래도 부르고 할 것 같다. 밖에서 보이지 않으니. 숲이 끝난 곳에 두 채의 선방이 나타났다. 조금 높은 곳이라 절 입구 범종루 쪽에서 으슬렁거리며 올라오는 스님들을 보았다. 그쪽에서도 보았는지 서너 명이 그 자리에 멈춰서서 이쪽을 바라봤다. 반가운 시선은 아닌 듯 했다. 선방을 지나 아까 법당으로 올라갔던 지점에서 스님들과 교차했지만

벽송사 대나무 숲

그들은 묵묵히 합장만 했다.

절을 나와 다시 서암을 향했다. 스님 한 분이 뒤에서 "안녕하세요" 하며 합장했다. "어딜 가십니까?" 했더니 "서암까지 행선 갑니다" 했다. 조금 뒤에 만난 스님 둘은 "서암 갔다 옵니다" 한걸 감안하면 공양 뒤의 서암 행선이 제법 인기 있는 일과인 것 같다. 어쩌다 함께 행선하게 된 스님은 함께 걷는 동안에 이것저것 생각하게 하는 말을 던졌다. "절은 대중들의 것인데 못 들어갈 데가 어디 있습니까. 입장료 받는 절은 이상한 데지요. 근데 하안거에 들어간 승려들의 방 근처엔 표시까지 해 두었으니 피해주시는 게 좋습니다. 아까 대나무숲과 선방이 그런 곳입니다." 아하, 아까 스님들이 한순간 멈칫했던 이유를 알겠다.

스님의 걸음은 느린 듯 빨랐다. 무거운 듯 가벼웠다. 천천히 길을 따르며 또 "법당에서 자신의 소원을 어떻게 빕니까?"라고 물었다. "부처가 따로 없고, 중생이 따로 없습니다. 누가 누구의 소원을 들어 주겠습니까. 그냥 정성을 모으는 것이겠지요." 그렇게 수행승의 설명은 또 달랐다.

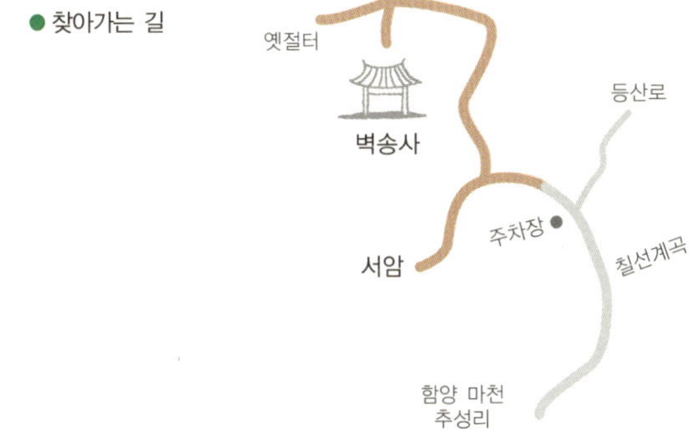

마을길

함안 가야읍 들판과 고분군 사잇길

한 때 그처럼 찬란했던 광채가/ 이제 눈앞에서 영원히 사라졌다/ 한들
어떠랴/ 초원의 빛이여, 꽃의 영광이여/ 어린 시간을/ 그 어떤 것도 불러
올 수 없다/ 한들 어떠랴/ 우리는 슬퍼하지 않으리/ 오히려 뒤에 남은 것
에서 힘을 찾으리라

– 워즈워드의 시 '초원의 빛'

함안의 가야 들판을 가로지르며

여름엔 녹색 초원이, 겨울엔 황색 들판이 됐던 곳이다. 초원일 때에
도, 황야일 때에도 마치 빛을 부르는 듯한 욕구가 느껴졌던 곳이다. 남
해고속도로를 달리면 함안나들목 직전 가야읍과 법수면 사이의 들판에
서 언제나 눈을 떼지 못했다.

봄 여름철의 녹색 초원은 싱그러웠다. 무한한 생산의 기운을 느낄
수 있었다. 또 가을 겨울이 되면 초원은 황색 평원으로 바뀐다. 어머니
같은 너른 품이 되는 것이다. 계절별로 그렇게 사람의 눈길을 잡는 곳
이 함안의 가야벌. 석양이 들 무렵 노랑과 빨강이 어우러지는 이곳을
걸으면서 한동안 나는 현실과 단절된다.

함안 가야벌판 제방길

함안 가야 고분군

가야읍 너른 둑은 어귀의 동신아파트 입구에서 걷기 시작한다. 고속도로 아래쪽을 지나 가야벌을 가로지르는 강둑을 따라 걸으면 된다. 걸을 때에 따라 초원의 빛 같기도 하고, 폭풍의 언덕 같기도 하다. 가을과 겨울, 짙은 황색을 가질 때면 대지를 연상하게 한다. 양쪽 둑 사이 골짝에 들면 단절감이 더하다. 은밀하다. 30분을 넘게 걸으면 시작한 곳의 정 반대쪽인 법수면에 이른다.

그날 가야읍 쪽에서 강둑에 접근하려 했을 때, 타고 간 차가 거추장스러웠다. 어디 마땅히 제 자리를 찾아주기 어려웠다. 마침내 어느 한 구석 '됐다' 싶게 차를 댔을 때의 안도감이란…. 둑길을 마음껏 걸을 수 있으리라는 해방감도 함께 밀려왔다. 녹색 초원에서는 싱그러움도 함께 밀려왔다. 걷는 일이란 이렇게 은밀한 즐거움을 주는 일이다. 그리고 그 사실을 아는 이가 적다는 것도 작은 쾌감이다. 천천히 아주 천천히, 발 밑에 사각거리는 풀 소리를 느끼며 법수의 둑까지 걸어간다.

가야읍 고분길과 함께

둑길은 결코 짧지 않다. 그러나 방향이 같고, 멀리 있지 않은 군청 고분길과 함께 묶어 걷는 것이 좋을 것 같다. 고분길을 가려면 다시 돌아와 가야읍 내 함안군청을 찾는다. 가야벌 아쉬웠던 길 걷기를 계속하기에 군청 뒤편 도항리·말산리 고분군이 적당하다. 기원 전후부터 600년대까지 만들어졌다는 크고 작은 20여 기의 고분을 따라 산책로가 조성돼 있다.

실례를 무릅쓰고 가장 높은 위치의 2호분 위에 올라섰다. 방금 걸었던 가야벌은 물론 가야읍 뻗은 전경이 한눈에 들어온다. 아라가야가 이곳을 도읍으로 삼았다는 이유를 알 수 있다. 참으로 너른 땅이다.

4호분은 지름이 39m에 높이 9.7m로 가장 크다. 이곳 여러 고분에서는 칼과 창 같은 무기며 장신구, 공구와 접시 같은 게 발견됐다. 재미있는 것은 해석이다. 공자형이니 불꽃모양 창을 낸 굽다리 접시가 발견된 것을 두고, 이곳의 안내판에는 독자적 정치세력이었음을 뜻한다 했다. 큰칼과 갑옷, 심지어 말 갑옷에다 철제품, 장신구를 놓고는 왕권이 강력했다고 해석했다.

잘 닦인 산책로나 갈대 사잇길로, 때로는 오솔길로 고분은 22호까지 이어졌다. 솔잎 끝부분이 황금색이라는 황금교송 류의 소나무와 대나무가 길을 표시하기도 하고, 듣도 보도 못했던 새 소리가 길을 이었다. 가을 겨울엔 갈대가 으뜸이다. 그 사이 햇살과 두툼한 보금자리….

고분 속의 죽음

고분과 고분의 사잇길을 걸으며 가야의 고분을 이야기했던 김훈의 소설 『현의 노래』를 떠올렸다. 소설 속 우륵의 거문고 소리에 실려 이제 곧 신라에 종속될 가야의 고뇌가, 말기의 문화가 전해졌다. 마치 2006년 함안군 가야읍이라는 시간과 공간 속의 고분처럼 1500년 전의 가야도 소리가 서서히 잦아졌으리라.

고분 속의 죽음 너머에도 신앙이 있었다. 그것은 신앙을 넘어 불문율이기도 했다. 600년대 대가야를 끝으로 사라진 가야국 중 이곳 함안을 근거로 했던 나라가 '아라가야'였다. 당시 가야국의 왕릉에는 문무의 신하와 시녀, 여러 분야의 장인, 심지어 농민과 어민까지 순장됐다고 한다. 숨진 임금과 함께 그가 이끌었던 한 나라를 순장했던 셈이다. 숨진 왕의 하관에 맞춰 순장자를 땅 속에 들게 하고, 커다란 돌로 나오지 못하게 막았다. 소설 속 표현대로 재갈이 풀린 순장자의 울음소리가 음울하게 울려 퍼졌을 것 같다.

가야의 종말처럼, 순장자들의 음울한 울음처럼 워즈워드의 시 '초원의 빛'은 이렇게 끝이 난다.

"지금까지 있었고 앞으로 영원히 있을/ 본원적인 공감에서/ 인간의 고통으로부터 솟아나/ 마음을 달래주는 생각에서/ 죽음 너머를 보는 신앙에서/ 그리고 지혜로운 정신을 가져다주는 세월에서"

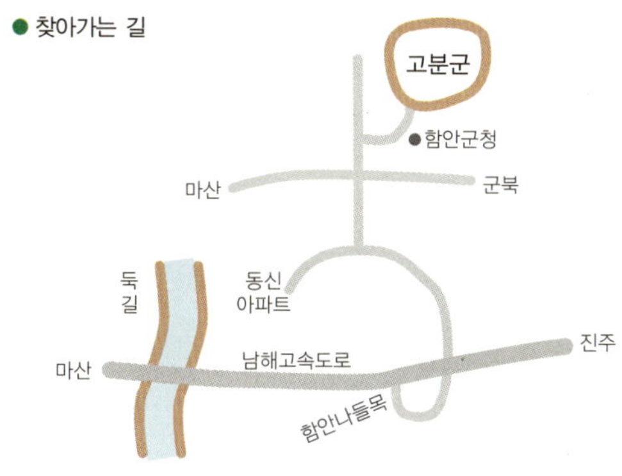

함안 가야 고분군 길

진해 안민고개 나무 산책로

길은 부름이다. 언덕 너머 마을이 산길로 나를 부른다. 가로수 그늘진 신작로에서, 기적 소리가 저녁하늘을 흔드는 시골역에서 나는 부름을 듣는다. 길의 부름은 희망이기도 하다. 기다림이기도 하다. 그리움이다. 그리움의 부름을 따라가는 나의 발길이 생명력으로 가벼워진다. 길은 희망을 따라 떠나라 하고, 그리움을 간직한채 돌아오라고 한다.

– 박이문의 산문 『길』

하늘로 가는 나무 산책로

'길' 이라는 말에 가장 잘 어울리는 단어가 '걷다' 가 아닐까. 물론 길 위를 달릴 수도 있다. 게다가 걷지 않는 짐승도, 다른 이동수단도 모두 길을 이용한다. 그렇다고 해서 '길을 달리다' 라는 단어의 조화가 '길을 걷다' 보다 썩 낫지 않다. '길' 이나 '걷다' 라는 단어에는 통하는 느낌이 있다. '인생' 의 뉘앙스 같은 것이 그 예가 된다. 걷는 행위에 취미가 없는 사람도 여기에 소개되는 짧고 긴 산책로가 우리 주변에 있다는 것을 안다면 다시 원초적 느낌을 찾지 않을까.

가파르지 않은데 차츰차츰 오르는 길에 오히려 더 큰 인내가 필요

안민 고갯마루 산책로

하다. 다른 길과 달리 올랐던 길로 다시 그 길을 걸어 내려와야 맛이 나는 곳도 있다. 진해시 태백동에서 경화동에 이르는 4㎞의 안민고갯길이다. 길이 멀다고 느껴지면 중턱에서 시작하더라도 걸어서 올랐다 내려와야 한다. 아름드리 벚나무와 진해시를 품에 안을 듯 도시의 전경을 길을 걸으며 볼 수 있는 곳이다. 그 멋은 오른 길을 다시 내려올 때 두 배가 된다.

이 더위에 무슨 고갯길 산책? 처음 이 길을 찾았을 때는 중복을 갓 넘겼다. 그러나 이른 아침이나 저녁 무렵 이곳에는 더위에 아랑곳없이 걷는 사람들이 지천이다. 한여름 더위를 생각했는지 몇 년 전부터 고갯길 전 구간에 나무로 된 산책로를 진해시가 만들기 시작했다. 벚나무

안민 고갯마루 산책로

그늘 아래 나무 산책로를 걷는 싱그러움이 더위를 살짝 가시게 한다. 그래서 여름에도 이곳은 만인의 길이다.

안민고갯길의 연원

옛날 산길이 일제 때 군 작전도로가 됐다. 이 길이 지금 고갯길의 유래가 됐다. 군사도시 진해의 배경과 맥이 닿는다. 안민고개에서 내려다보는 방사선도시 진해의 도시계획이 일제 때에 기초됐다고 한다. 그러다 해방 후에는 해군들의 훈련 길로 쓰임새가 이어졌다. 그래서 한때 눈물고개라 불린 적도 있다. 이제 그 길이 사람들의 휴식처가 됐고, 산책로가 됐다. 격세지감….

안민고개는 장복산을 타고 넘는 길이다. 길의 속성을 따지고 보면 겸손하지 않은 셈이다. 물론 사람이 그렇게 만들긴 했지만…. 길은 예로 산을 타고 넘는 적이 없다고 했다. 낮은 곳을 에둘러 에둘러 마침내 산을 넘고 만다. 고개어귀 태백동 동네에서 고갯마루까지는 걸어서 족히 한 시간이다. 작정하고 올라가면 그만이다. 예전 산책로마저 아스팔트길이라 10분만 올라도 다리가 묵직했다. 폭신한 흙길이 그리웠다.

고갯길 곳곳에서 각양각색의 메뉴를 갖춘 가게를 만날 수 있다. 가게 어른들은 한결같이 이곳 고갯길이 포장된 지 갓 10년 안팎이라고 했다. "다 벚꽃 구경꾼들을 모으기 위한 정책 아니겠어요."라는 주민의 폭로 아닌 폭로가 이채로웠다. "참 사연 많은 길인데 세월 따라 역할이 다 달랐지. 일제 때, 전쟁 때, 그리고 지금은 벚꽃 구경길 아인가베…" 그렇지만 길은 아무 말이 없다.

전 구간에 나무 산책로

지금은 나무 산책로가 놓여져 다리를 팍팍하게 했던 그 문제가 해결됐다. 지난 2000년부터 시작된 이 사업으로 고개 마루에서부터 태백동 도로입구 직전 1.5㎞ 지점까지 공사가 돼 있다. 산책로의 폭은 1.8m, 재질은 낙엽송이다. 일반 등산로의 급경사 지점에서 찾을 수 있는 것과 비슷한 형태다. 나무 산책로 전체 구간이 3.8km에 이른다.

이곳의 아름드리 벚나무는 옛 장복터널 진해 쪽 진입도로에서 만난

것보다 울창하지 않다. 그곳은 그야말로 양쪽 가로수가 하늘로 칭칭 감긴다. 온갖 가지를 뻗어 지붕을 만든 느낌이다. 그러나 짧게 끝난 그쪽 길에 비해 안민고갯길은 꾸준하다. 툭 트인 측면은 시원함을 준다. 마치 작은 노고단을 오르는 듯한 느낌이다.

이윽고 안민고개 정상 전망대. 진해의 전경은 몇 년 전에 비해 확연히 바뀌었다. 군부대와 바다, 나지막한 높이의 건물로 채워졌던 시가지는 곳곳에 빼곡이 들어선 아파트로 느낌이 예전과 다르다. 고갯마루 위 생태교가 특이하다. 야생동물들의 이동통로 역할을 하는 이곳에 직접 올라보면 재미있다. 거기에는 시루봉 가는 등산로도 연결된다.

이곳 등성이는 등산객들에게도 인기가 많다. 때로는 등산 시작점이 되고, 가끔은 긴 여정에 쉬어 가는 곳이 된다. 창원 쪽 불모산이나 진해 웅천 쪽 불모산 등산이 여기서 시작된다. 때로 장복산 정상에서 시작된 경우에는 쉬어 가는 지점이다. 너댓 시간의 장복산 일주 등산의 경우에는 여기서 구간이 마감되기도 한다. 어쨌든 창원과 진해의 결절점, 연결점이 되는 곳이다.

마산 어시장 밤거리를 걷다

길의 생명력은 결코 끊어지지 않고 또 다른 길로 이어지는 지점에서 실감한다. 낮고 평평한 곳으로 고개를 숙여 끝까지 이어지는 길의 속성을 보면 끔찍하기까지 하다. 그런 길이 마산의 도심에 있다. 질기고 모진 생명력의 마산 어시장 여러 갈래 길이 그곳이다. 어시장 길은 볼 때마다, 갈 때마다 팔색의 둔갑한 모습으로 사람을 대한다. 어디를 향하는 길이 되었다가, 사람을 고스란히 모아 놓는 길이 된다. 사람들은 칭칭 감긴 넝쿨 같은 그 길을 맴돌며 제 볼일을 본다.

질기고 모진 길

어시장은 하루를 꽉 채우며 돌아간다. 새벽 5시 수협 어판장 경매로 하루를 연다면 다음날 새벽 너댓 시까지 주당들이 해장을 위해 어시장 복국골목을 찾는 식이다. 늦여름 고비를 맞고 있는 요즘 날씨에는 특히 밤 시간 장어거리에 사람들이 많이 모인다. 횟집골목, 건어물골목, 구석구석 들어찬 잡화점들, 어디 만만하고 허술한 곳 하나 있으랴.

길은 시장 밖 여러 곳에서 시작된다. 신포동 대우백화점이나 오동동 복어골목에서 시작되기도 하고, 창동 옛 극동예식장 맞은편 지하도 쪽

어시장 장어집

에서 모습을 드러낸다. 어시장 길은 어디를 향하는 바쁜 발걸음보다 어슬렁거리는 편이 낫다. 뭔가 움직임을 물끄러미 지켜보고, 생선거리를 사기 위해 흥정을 벌이는 맛을 느껴야 한다. 횟감을 직접 사거나, 횟집에 들어 느긋하게 소주와 곁들이는 맛도 빠뜨리지 않는다. 걸음을 재촉하지 않는 길은 사람을 여유롭게 하지만 '여유'라는 말로 어시장을 다 표현할 수 없다. 거기엔 사람이든 생선이든 살기 위한 몸부림이 있다.

곳곳의 명물거리

곳곳의 명물거리는 어슬렁거리지 않고 제 맛을 느낄 수 없다. 남성동 지하도 쪽에서 시장 안으로 들어서면 곧장 나타나는 곳이 진동골목과 대풍골목이다. 전통 홍콩빠의 명성을 이은 횟집골목이다. 시장 골목 위 기다랗게 차양을 들이고, 낮에도 불을 밝혀 분위기를 더욱 살렸다. 열댓 집 넘는 이 골목 횟집에는 벌써 전어가 도마 위에서 펄떡거린다.

대풍골목 간판을 기준으로 대우백화점 쪽 거리가 '구 홍콩빠'다. 홍콩빠는 1960년대부터 하나 둘 가건물 횟집이 모여 형성됐던 집단 횟집촌의 원조에 해당된다. 60~70년대 바닷가 목조의 홍콩빠는 소주 한 잔에 바다처럼 울렁거려 사람들을 홍콩으로 보냈다. 80년대 새로 조성된 홍콩빠는 60개가 넘는 점포로 불야성 어시장의 면모를 굳건하게 했다. 지금 그 거리는 한산하지만 대우백화점 쪽 횟집들이 옛 명성을 이어간다.

대풍골목이 끝나는 지점에 어시장 활어골목 간판이 있다. 점포 수나 모이는 사람들의 수가 이 일대에서 가장 많다. 수십 곳의 횟집이 집중돼 있기 때문이다. 쉴 틈 없는 상인들의 외침, 좁은 길을 끊임없이 오고가는 사람들의 발걸음이 부산하다. 횟집영업이 계속되는 밤 12시까지 이 골목의 생기는 죽지 않는다. 8월 중순의 인기 메뉴는 때 이른 전어와 장어, 농어, 광어 등이다. 이곳에 더위는 어디론가 날아갔다. 무기력증은 어느새 말끔하게 가셨다.

60년대 옛 홍콩빠에서 대우백화점 옆 지금의 구 홍콩빠로 몇 차례나 자리를 옮기며 횟집을 운영해온 조상점(78) 할머니. 도마 위 파닥파닥 뛰는 활어를 단 한칼에 제압하는 그의 손길은 30년 넘게 반복되고 있다. 생떼 같은 아이들 셋을 남기고 남편이 사망한 서른아홉 때부터 거칠디 거친 여장부의 인생이 시작됐다. "지금은 전화만 하면 고기를 갖다 준다 아이가. 그때는 좋은 고기 먼저 차지할라꼬 부끄러운 것도 모르고 남자들 가랑이 사이로 고개를 처넣어 뺏어오고 안 그랬나. 어떨 땐 부두에서 고깃배로 바로 뛰어들다가 물에 빠지기도 마이 했다." 그의 일생이 홍콩빠 인생이요, 어시장 산 역사다.

여름밤 불야성 장어거리

해안도로 건너편 남성동 수협 어판장에서 바다를 따라 밤거리를 걸으면 여름철 길게 줄을 잇는 장어거리와 만난다. 이 계절에 전성기를 맞아 야외 테이블의 끝을 찾아볼 수 없다. 이곳을 찾는 사람들은 알고 있다. 거리의 바닷바람이 더위를 식히고, 장어가 처진 몸을 보양한다는 것을. 이른 저녁부터 시작되는 장어 노점. 불야성의 장어거리는 새벽시간이 되어서야 서서히 열기를 식힌다. 바통을 곧바로 이어받는 곳이 복국골목이다.

밤늦은 시각 취객들은 오동동 복국골목을 찾는다. 어시장의 동쪽 오동동과 동성동에 걸쳐있는 복국골목엔 서른 개가 넘는 복국집이 30~40년 역사를 갖고 함께 모여있다. 요즘이야 점심 저녁 장사가 더 크지만 본래는 마산 취객들이 다 모였던 새벽장사가 더 컸다. 취객들 다음으로 많았던 이용자가 주점 종사자들이었다니 짐작이 간다.

"말도 마이소. 술 취한 사람들이 복집 좁은 방바닥에 다닥다닥 붙어 있으면 무슨 일이 벌어지는지. 시비에 싸움에, 히야까시까지 주방입구에 그릇 담은 접시는 하루도 남아나는 날이 없었어예. 오짤낍니꺼. 그게 다 세상 힘들어서 벌어지는 일인데 참아야지.”

　새벽 5시 어판장에서부터 다음날 또 다른 새벽까지 어시장 길목 길목을 찾아보는 일은 재미있다. 쉴새없이 움직인다. 하나 하나 찾아서 걸어볼 일이다. 이 길에 어울리는 말은 고단함과 활기, 대조적인 두 단어다.

어시장 대풍골목

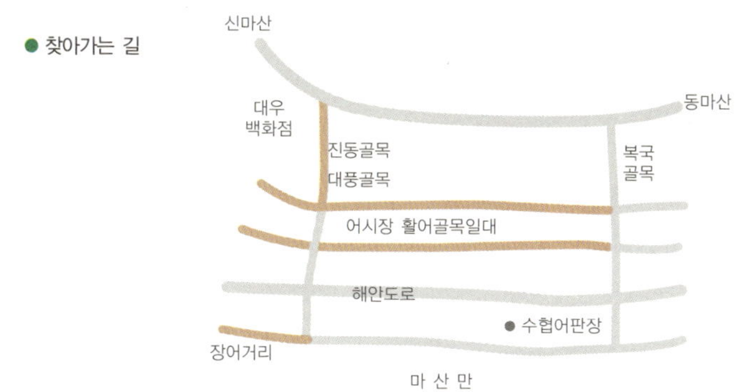

내 마음속 고향길

길이 시작됐던 곳. 길을 걷기 시작했던 곳. 미지의 세계에 대한 두려움, 무한대의 가능성이 주는 설레임이 뒤섞였던 길이 있었던 곳. 나의 고향이었다. 지금도 고향길 어귀를 생각하면 가슴은 푸근해진다. 나 어릴 때 동수 아제, 상호 형이 각시 데리고 싱글벙글 웃으며 걸어왔던 길이었다.

고향길 빈집만 늘고

각시 데리고 힘주며 걷던 길

지난 주 벌초 가는 길에 모처럼 고향길을 밟았다. 산골짝 마을입구에 다리가 있고, 거기서 느티나무 정자가 보이면 언제나 '고향이다' 싶었다. 여름이면 정자에 앉아 쉬는 사람들보다 느티나무가 먼저 귀향을 반긴다. 정자의 사람들은 심심하던 차에 저만치 어귀를 돌아오는 귀향객을 보면서 한마디씩 한다. "저거 00 아이가, 00이 아들내미 말이다." 며칠 있으면 추석이다. 추석보다 먼저 내 마음에 다가오는 기억 속 고향길을 걷는다.

고향의 느티나무 정자에 앉아 있으면 귀향객들 다양한 표정을 볼 수 있었다. 단연 으뜸은 결혼한 지 얼마 되지 않아, 각시 데리고 올라오던 동네 아제들의 표정이었다. 한쪽 손에 청주병 들고 싱글벙글 고향길을 올라왔었다. 해가 지나며 식구가 하나 둘 늘면서 고향길 그의 어깨 힘은 더욱 들어갔다. 사람이 늘수록 살기가 점점 팍팍해졌을 텐데 귀향길에는 더없는 자랑거리가 됐다.

거창군 신원면 창지마을 정자의 우람했던 느티나무는 어느덧 한쪽 날개를 잃었다. 그렇게 높고 넓게 보이던 콘크리트 정자도 구석구석 무너져 내렸다. 정자 위에 새겨졌던 바둑판도, 장기판도 알아볼 수 없다. 바뀌지 않은 것은 정자에 이르는 길뿐이다. 어귀를 돌아오던 누나의 설렌 얼굴이 떠오른다. 이빨이 모두 빠져 오물거리며 쉴새없이 먹어대던 안수네 할매, 기저귀도 하지 않은 맨살 엉덩이로 정자 위 곳곳을 치대며 똥 오줌 가리지 않던 복동이. 그 표정, 그 수다 다 어디 갔는가.

느티나무 밑둥에 너댓 칸 파여져 있는 홈은 멀리서부터 뛰어와 나무의 굵은 가지가 갈리는 지점에 냅다 오르던 장치였다. 나무의 주변에 오징어를 그려 니편 내편 깨금발로 싸움하던 아우성은 귀향객들이 고향에서 듣는 일성이었다. 귀향객 중에는 어느새 정자에 올라와 이 어른 저 어른 손을 잡으며 인사해 "그놈 참 된 놈"이라고 칭찬을 들었다. 간혹 그냥 목례만 하고 지나치다가는 두고두고 "버릇없는 놈"이라는 힐난을 들었다. 발 없는 말이 온 동네에 눈두덩이로 퍼졌다.

감나무가 지키던 마을 안길

이윽고 한 집 두 집 시작된 마을. 마을길 따라 이 집 저 집 눈에 들어오지만 사람 사는 곳은 이제 이 동네에서 세 집뿐이다. 바람 나 집을 떠난 아들 오기만 기다리던 영감 할멈은 생을 접었다. 몇 남지 않은 집들도 80년대 태풍 무언가에 유실돼, 건너편 면소재지로 이주했다. 마을 어귀 세 갈래 길은 아이들 놀이터였다. 거기서 깡통차기며, 말 넘기기(비석놀이)며, 자치기를 했다. 텅 빈 갈래 길에 그때 친구들 아우성이 남아 있다.

동네 주변을 혼자 걷는다. 그때는 다 같이 돌던 동네 한 바퀴였다. '쥐불' 깡통을 돌리며, '다서 망구'를 하며. 추석 전날 "왜 화약을 샀느냐"며 쫓아오던 아버지를 피해 순식간에 한 바퀴 돌던 길. 한참이나 묵은 과자를 팔던 동네고모가 무슨 일인가 싶어 골목에 나섰었고, 동갑내기 용운이는 괜히 지가 바빠 뛰어다녔다. 사람 대신 소나 돼지로 채워진 마을에서 나는 머릿속을 기억으로 채운다.

고향길 정자나무

　　왼쪽 갈래길을 걷다 옛날 소 먹이러 가던 길을 찾는다. 사람 대신 마을을 채운 개 때문에 길은 조용하지 않다. 저 길 벗어나면 멀찌감치 배나무골이 보일 것이다. 여름에 소 풀어놓고 뛰어내려가던 '벼락방' 골짝이 그곳에 있다. 가운데 금 그어놓고 싸움에 자신 있으면 먼저 밟으라며 부추기던 엉가들 등살이 그곳에 있다. 다른 소들 다 내려왔는데 유독 하나만 오지 않아 울면서 온 산을 헤매던 길이 그곳에 있다.

소 먹이러 다니던 산등성이까지

　기억을 이어 걸어보지만 무릎만큼 올라오는 수풀들은 아련한 기억을 덮어버린다. 그러나 방향감각은 남아 있다. 큰 걸음으로 성큼성큼 수풀을 헤치고, 나뭇가지를 벌린다. 마치 그 전에도 없었던 듯 미지의 길은 사람을 무섭게 한다. '우짜노…. 되돌아갈까?'. 삐질거리는 땀을 훔치며 어릴 적 친구들과 경쟁하며 익힌 깡다구를 되새긴다. 한 걸음, 또 한 걸음. 눈 앞에 온 세상이 훤히 보이는 배나무골 언덕이 나타났다.

　여기까지 오면 동네의 엉가들은 언제나 동생들 싸움 붙이는 악동으로 돌변했다. 어느 한 놈 마음에 들지 않으면 그렇게 했고, 항상 놀던 장단이 지겨울 때면 또 그렇게 했다. 산등성이 너른 자리에 아이들 모아놓고 가운데에다 선을 긋는다. "너거 둘이 이리 와봐라. 이길 자신 있으면 밟아라." 언제나 반복되는 시나리오에도 처음에 멈칫거리던 아이들이 끝내 쌈박질을 벌이게 되고 말았다. 그렇게 푸닥거리고 나서 계란 빈 껍데기에 쌀과 물을 넣어 삶아 먹던 계란밥이면 출출하던 속이 찼다.

　고향이 도시이건 시골이건 누구나 어린 시절 목덜미에 땀이 배일 때까지, 땅거미가 지고 어둑어둑할 때까지 뛰어 놀았던 길이 있을 것이다. 먼저 눈으로 시작부터 끝까지 그림을 그리게 되는 그 길을 언제 한 번 찾아서 터벅터벅 걸어보는 건 어떨까. 내 잊었던 기억의 재생장치가 될 것이다.

진해 소사동 들길

따스한 첫봄 한낮의 산기슭에 놓인 마을/ 새로 이인 오막살이 여남어집/ 수숫대 울타리에 빨래 빨래 조각들/ 사흘전 기원전 축기를 아직도 달아 놓은 집이 있다/ 홀로 추녀끝 그늘 밑에서/ 도꾸방아 찧는 나이찬 처녀의 머리채여/ 수탉이 지붕에서 홰를 치며 길게 목을 빼는 한낮의 마을/ 멀리 보이는 바다 한 귀가 백금으로 빛난다.

– 김달진의 '웅천골'

소사동 전체가 크고 작은 골목길

시인 김달진이 태어난 진해 소사동 들길에는 가을이 먼저 와 있다. 어느덧 누렇게 물든 이삭이 그렇다. 담장보다 높이 자란 옥수수 줄기도 그렇다. 웅동 마천장터에서 소사동으로, 또 소사동에서 성흥사가 있는 대장동 가는 들길은 그렇게 석양빛을 띠고 있다.

마지막 용추폭포까지 느릿느릿 걸어 두 시간 걸릴 이 길을 찾으려면 진해-부산 국도를 타야 한다. 국도에서 내리는 곳은 웅동 마천지방산업단지. 왼쪽 웅동1동 길을 택해 동사무소를 찾는다. 동사무소 앞 마천장터는 지금도 4일, 9일 5일장이 열린다. 장터에서 소사동 가는 길에는

진해 소사동 들길

다리가 있다. '소사교' 다.

　소사동은 마을 전체가 크고 작은 골목으로 연결돼 있다. 콘크리트 담벼락에 돌담 흙담까지 신구의 골목 건축이 차분하게 교차하고 있다. 마을 입구의 소사길과 소사1길, 2길, 3길을 차례차례 찾아나가면 어느새 마을을 한 바퀴 돌게 된다. 마을을 에돌아 멀리 웅산 줄기 아래의 옛 수원지까지 소사천이 이어진다. 물 많고 들판이 넓어 한 눈에 살기 좋은 마을의 느낌을 준다.

　골목 끝에서 이 마을 출신 시인 김달진의 생가와 문학관을 만난다. 오전 9시부터 오후 6시까지 산책 끝의 알싸한 문학관 관람을 기대할 수 있다. 특히 10월 8~9일을 전후해 열리는 '김달진 문학제' 때에는 마을의 정서와 정취가 어떻게 문학으로 형성됐는지 음미할 수 있다. 평평한 들판 가운데에 있는 마을, 골목 따라 굽어지는 돌담이 정겹다.

황금색의 소사동 들길

　마을 밖 들판은 정작 마을보다 일찍 가을에 다가갔다. 들길 따라가면 성흥사와 계곡이 있는 마을 대장동에 이른다. 길의 종류로 따진다면 이곳 소사동과 대장동만큼 풍요로운 곳이 있을까. 신구의 정취가 어우러지는 마을 안 골목길에다 산뜻한 바람에 벼이삭 살짝살짝 눕는 들길, 게다가 계곡을 따라 올라가는 급하지 않은 산길까지 다채로운 길의 향 연장이다.

　걸어서 40분. 소사동 들길은 평화로웠지만, 대장동 들어서면서 곧

찾길을 걸어야 한다. 번거롭고 조심스럽다. 오르막이 있으면 내리막이 있는 법. 앞서 걸어던 소사동 길이 그립기만 하다. 이래저래 걷기 힘들 때쯤 소나무 숲이 볼만한 성흥사 입구와 계곡이 나타난다.

이곳에서 사람들은 아직 여름의 끝자락을 잡고 있다. 계곡에 뛰어든 아이들, 주변에 자리를 깔고 화투장을 올려붙이는 사람들. 더위가 잦아 든 골짝에도 사람들은 여전히 시원한 바람을 찾는다. 계곡 따라 5분을 올라간 오래된 절 성흥사에는 흥미로운 창건담이 있다.

'신라 흥덕왕 때인 833년. 절을 세운 무염국사가 왜구를 물리치라는 임금의 명을 받아 팔판산 정상에 섰다. 정상에 오른 국사가 한 손에 지팡이를 잡고, 또 한 손으로 자신의 배를 두드렸다. 그 소리는 곧 뇌성벽력이 됐고, 이를 백만대군의 소리로 짐작한 왜구가 혼비백산해 달아났다.'

성흥사에서 내려오는 길에 놓치지 않아야 할 곳이 있다. 절과 매표소 사이에 '대장대다북길'이라는 표지판을 보고, 그 길로 접어든다. 한 200m 갔을까. 아담한 느티나무를 지붕으로 삼고 있는 정자가 지금 찾는 곳이다. 조금은 힘들게 걸어온 웅동 들녘이 한눈에 보인다. 어느 길이든 참고, 꾸준히 걸으면 언제나 만나게 되는 결실이다. 잔뜩 찌푸려 금방 터질 것 같은 하늘도 '꾸욱' 참고 있다.

장터에서 국밥에 막걸리로 마감

출발했던 마천장터로 다시 내려온다. 지금까지 걸었던 길이 아쉽다면 왼쪽의 '용추폭포' 가는 길을 찾는다. 부암마을에서 900m로, 멀지 않다. 조금은 피곤하지만 이미 몸은 워밍업된 상태다. 더욱 느릿느릿 평지를, 또 약간의 등산로를 오른다. 그곳에 용추폭포의 소박한 모습이 있다. 조선조의 지리서 '동국여지승람' 이 기록한 용추폭포의 경관을 머리속에 그려 보라.

성흥사계곡을 벗어나 다시 대장동 마을에 들어설 때쯤이면 지친 발걸음에 터벅터벅 힘도 들어가지 못한다. 그러나 마음은 이렇게 풍요로울 수 없다. 고즈넉한 길 때문만은 아니다. 산 좋고 물 좋은데다, 넓은 들판에 농사도 풍성해 보인다. 소사동 마을 안에 어울리지 않은 아파트단지가 왜 들어와 있는지 이해가 될 정도다. 지친 몸에 조금 더 힘을 내 출발점인 마천장터로 다시 돌아온다. 그리고 간단하게 찾을 수 있는 국밥집. 막걸리 한 사발 엎어 어디 부러울 것 없는 마무리시간을 갖는다.

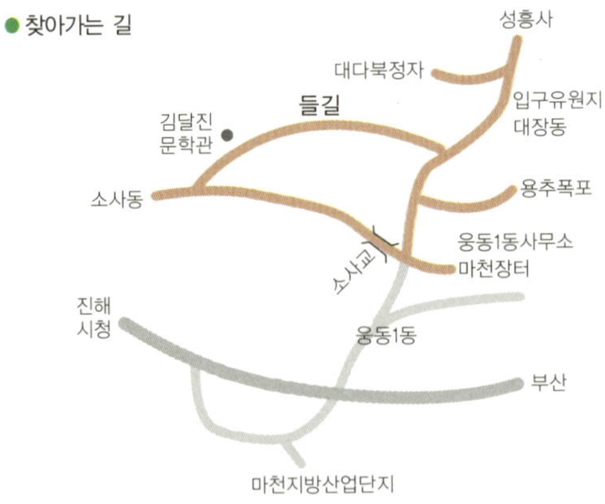

수로왕이 허왕후에게 가는 길

김해 가락국의 시조 수로왕은 서기 199년 158세로 영면했다. 인도 아유타국에서 온 왕후 허황옥은 10년 앞선 189년 157세를 일기로 눈을 감았다. 계산하기도 어려운 억겁의 세월, 죽음이 그들을 갈라놓은 지도 1800년이 지났다. 그러나 죽은 그들은 지금도 만나고 있다. 김해 사람들은 이들의 만남을 위해 능과 능을 연결하는 길을 만들었다. 역사와 같은 세월을 넘어 두 사람을 다시 만나게 하기 위해 김해시 서상동 수로왕릉에서 왕비릉까지 걸었다. 마침 축제가 있었고, 사람들이 있었다.

1800년 동안 부부가 만난 길

수로왕릉은 생각보다 위압적이지 않다. 높이 6m에 지름 22m로, 작다 할 수는 없지만 가락국을 전신으로 한 대가야 말기 왕릉의 횡포를 찾을 수 없다. 그때는 크기뿐만 아니라 죽어서도 한 나라 임금의 위용을 능 안팎에 세웠다. 나라를 계속 지켜야 한다는 명분으로 백관과 백성을 순장했다.

수수한 외형에 비해 오히려 수로왕의 봉분을 만들고, 주변 300보를 왕묘로 지정한데서 어느 정도 예상했던 왕릉의 권위를 읽을 수 있다.

왕묘 일대에는 오래된 소나무 무리가 아늑하게 능을 지키고, 후손들에게 풍족한 그늘을 주었다. 충분히 시간을 들여 소나무의 녹음을 피부가 빨아들이게 한다.

수로왕릉에 이어 발길을 바로 옆 수릉원 쪽으로 향한다. 여기서는 걷는 길의 이름을 알면 더욱 흥미 있다. '수로를 위한 길' 과 '왕후를 위한 길', '기억의 정원' 같은 이름이 있다. 수로와 왕후가 다른 방향의 능에서 이곳 수릉원으로 걸어와, 각자의 길로 상봉하라는 기원이 담겼다. 140년간 이어진 부부의 삶을 후손들은 영원하게 했다. 수로를 위한 길에는 사진전이 사람들 걷는 걸음을 늦추게 한다. 이 나라 곳곳의 수려한 자연경관이 늘어 세운 액자 속에 있다.

가야문화축제와 때를 맞춰 걷는 길

길은 갈대숲 무성한 대성동 고분군으로 이어진다. 역시 거대하지 않다. 그러나 작지도 않은 봉분 사이 수풀을 헤쳐 길을 찾는 분위기는 야성적이다. 폭풍의 언덕 같은 분위기다. 수풀 위에는 갈대뿐만 아니라 분홍색에 노랑, 빨강, 파랑색까지 바람개비가 지천으로 피어 있다. 만든 것이 아닌 듯, 저절로 자라난 나무처럼 서 있다. 사람이 심어놓은 바람개비 꽃은 집단으로 바람에 휘날리며 장관을 만든다. 이곳에서 흙으로 돌아간 가락국 사람들처럼 축제를 찾은 관광객들은 흙을 직접 만진다.

체험은 계속 된다. 유물을 직접 발굴하고, 매장된 목관 속에 들어가

수로왕릉

단적인 죽음을 체험한다. 가야문화축전은 이런 행사를 만들고 그 제목을 '불과 빛의 도시 김해'라고 붙였다. 물론 주 행사장인 대성동 고분군 곳곳에 불과 빛을 소재로 한 행사도 다양하다. 그러나 생각하면 오히려 '흙'이라는 주제가 더욱 어울린다. 가야의 역사가 느껴지고, 고분군의 소재를 더욱 단적으로 나타낸다.

횡단보도 건너 김해박물관 가는 길 쪽을 택한다. 길 위에는 세계의 환경 사진전이 펼쳐지고, 그 옆 해반천에는 물길을 즐기는 사람들이 한창이다. 박물관 뒤쪽 산책로에 이르러 인적은 드물어진다. 여기에서야 비로소 조용한 산책이 가능하다.

수로왕릉 옆 해반천

구지봉을 넘어 왕후와 만난다

산책로는 구지봉 신단수로 연결된다. 거북이 엎드려 머리를 내민 형상이라는 이곳에서 가락국 아홉 촌장은 수로왕 내기를 하늘에 빌었다 한다. 하늘이 내린 수로왕은 마침내 가야 이전의 여러 부족을 합해 비로소 왕국의 기틀을 잡는다. 그때처럼 지금도 구지봉에서 아래를 내려다본다. 사람들이 개미 같다. 죽은 수로는 왕후를 만나기 위해 1800년 이상 이곳 구지봉을 넘었으리라.

구지봉의 한쪽 내리막에 '구지문'이라 적혀 있다. 그 문으로 수로는 능 속의 허왕후를 만난다. 왕후의 능이 나타난다. '지름 18m, 높이

5m² 의 규모다. 그로부터 10년 뒤 만들어진 수로왕릉은 이를 기준으로
조금 크게 만든 듯 하다. 비석에는 허씨가 16세였던 서기 48년에, 왕위
에 오른지 7년 된 수로에게 시집왔다고 기록돼 있다. 그것도 서역의 아
유타에서 인도양을 건너, 파도를 잠재운다는 목적으로 아유타의 '파사
석' 을 배에 싣고 왔다 한다.

삼국유사 중 가락국기에는 인도의 아유타 왕과 왕비가 한날 같은 꿈
을 꾸어 동방의 가락국으로 공주를 시집보냈다고 돼 있다. 16세의 공주
는 그렇게 시집을 와 157세로 죽을 때까지 140년 이상을 수로와 살았
다. 천천히 주변을 둘러 왕후의 흔적을 찾는 일은 오늘 걷기를 마감하
는 것과 어울린다. 파사석을 보고 비석을 읽으며 그가 항해했을 법한
인도양을 상상한다.

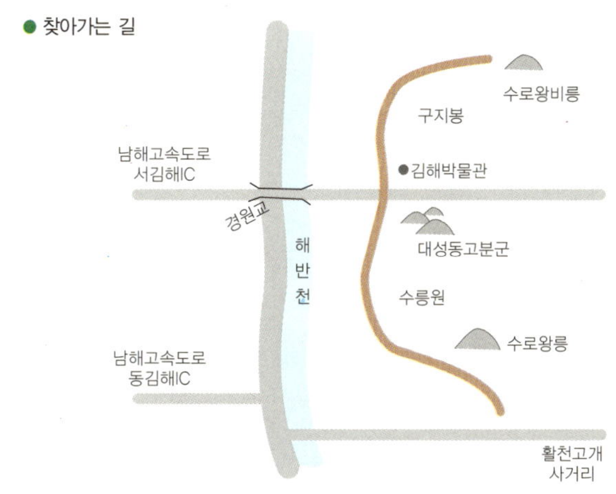

마산 쌀재 넘어 감천

마산포 사는 한 처녀는 재 너머 감천골 진사댁에 시집을 갔다. 신랑에 대해 전혀 알지 못한 터에 웃돈이 얹어진 시집이라 마음이 편치 않았다. 혼례 내내 얼굴을 들지 못했던 처녀는 첫날밤에도 신랑 얼굴을 보지 못했다. 목소리도 들을 수 없었다. 다음 날 새벽에야 흘겨 본 잠든 신랑의 얼굴은 병색이 완연했다.

– 마산 만날고개 전설의 서두

숨은 마을 숨은 길

전설은 곧 절정으로 치닫는다.

'시한부의 신랑과 시부모의 핍박, 상황은 더 이상 절망적일 수 없다. 재 너머 친정을 찾을 생각은 꿈도 꿀 수 없다. 그 때 신랑은 아내의 손을 잡고 만날재까지 데려간다. "여기서 기다리겠노라"며 짧은 친정 나들이를 주선한다. 부랴부랴 친정을 다녀온 아내는 바위에 머리를 부딪혀 절명한 신랑의 사체를 발견한다.'

마산시 현동의 율곡, 예곡마을과 쌀재 너머 내서읍 감천은 숨은 마을이다. 율곡 예곡 거쳐 감천 가는 길은 사람들이 알지 못하는 숨은 길

옥수골 저수지 둑길

이다. 2호선 넓은 국도 옆의 율곡은 국화단지로 알려진 마을이다. 그곳에서 좁은 길로 이어지는 예곡은 국화단지 쪽 언덕에서 보지 않으면 찾을 수 없다. 차를 타고 갈 수 있지만 두 대가 교차할 수 없다. 하지만 갈 길이 멀다. 이 마을까지는 차량을 이용하는 것이 좋다. 어쨌든 재를 넘어야 할 것 아닌가.

예곡을 지나면 쌀재 오르는 길이 이어진다. 쌀재 중간에서 만나는 만날고개 입구가 반갑다. 쌀재와 만날고개는 그렇게 무학산 줄기로 만난다. 쌀재 오르는 길 중간에 만날고개로 빠지는 길이 있다. 만날고개 입구 산책로에는 공원을 만들고 있다. 나무를 심고, 벤치를 만든다는

데 결과가 궁금하다. 쌀재 정상에 서면 갈림길이 있다. 차에서 내려 무학산 반대쪽으로 갔다. 트럭바퀴 자국이 있는 오솔길이 나 있다. 메뚜기가 있고, 여치가 있다. 옛날 할매 손잡고 걷던 밭길 같다. 따가운 볕을 곳곳의 숲이 가린다. 각시가 살던 마산포, 바위에 머리를 찧어 절명한 신랑이 산 마을 감천의 간격을 느낄 수 있다.

감천 가는 길

쌀재를 넘으면 감천 쪽 길은 가파르게 내려온다. 지금은 고개 너머부터 이쪽 감천을 통해 내서읍까지 큰 도로가 뚫려 걸어서 이 길을 넘는 사람은 거의 없다. 그러니 더욱 자연 속에 감춰진 길이 된다. 마산에 산다 해도 흔히 볼 수 없는 마을에 보기 드문 길이 이어진다. 감천에서 옥수골 가는 길은 더 그렇다.

숨은 마을 숨은 길에 숨은 계곡이 어디 없으랴. 감천 못가 왼쪽에는 옥수골 드는 길이 있다. 입구에서 10분을 걸으면 못을 만난다. 계곡은 거기에서 물을 담아 아래로 흐른다. 길을 걸으면 다리에서 전달되는 신경을 차례로 느낄 수 있다. 힘이 오르면 허벅지와 무릎, 장딴지의 기운을 직접 느낀다. 걷는데 리듬이 실리면 발뒤꿈치와 발바닥, 심지어 엄지발가락이 힘쓰는 모양이 전달된다. 사람은 걸으면서 더 잘 생각한다. 걸을 때 뇌는 혈액을 공급한다. 혈액순환과 산소공급이 원활해지는 것이다.

몇 차례 걸어 힘이 빠졌을 때 마침 못이 나타난다. 마을길 반대쪽 진동 가는 길옆에 마침 작은 계곡이 있다. 시원하게 흐르는 물은 아니지만 적당하게 몸을 적실 만하다. 길은 끝이 없고, 사람들의 마을은 그 길을 끝없게 한다. 정말 사람 살 것 같지 않은 골짝에 또 다른 마을이 나타난다.

감쪽같은 연못과 마을을 다시 돌아 나와야 옛날 절명한 신랑이 살았던 마을 감천을 만날 수 있다. 대처 사람들과 연결되지 못했던 마을도 지금은 감천계곡 덕분에 특히 마산 내서 사람들 발길이 끊이지 않는다.

못다 들은 만날재 이야기

쌀재를 다시 넘어 예곡 오는 길에 만날고개 입구를 다시 만날 수 있다. 옛날 감천으로 시집갔던 마산포의 며느리가 친정을 향한 한없는 그리움으로 타박타박 걸었던 길이다. 아스라이 바다가 보이기 시작하는 만날고개 접어드는 길에 이 며느리의 못다 한 이야기가 있다.

'자신의 죽음으로 아내의 해방을 원한 남편의 바람은 오산이었다. 죽은 사람은 말이 없지 않는가. 오히려 남편을 죽게 만들었다는 오해까지 뒤집어 쓴 며느리에게 시집살이는 더욱 더 가혹해졌다. 틈날 때 만날고개에 올라 하염없이 친정 쪽을 바라보는 것이 유일한 낙이 됐다. 그러기를 몇 해째. 어느 날 거짓말 같은 일이 일어났다. 고갯마루에서 여느 때처럼 망연히 바다를 바라보고 있을 때에 친정 어머니가 팍팍한 걸음으로 재 위로 걸어 올라왔던 것이다. 기적 같은 모녀의 상봉이 이루어진 것이다. 그리고 이들은 해마다 날짜를 정해 이곳에서 만나자는

약속을 하게 됐다. 그 날이 팔월 열이렛날이었다.'

이 전설로 만날고개가 시작됐다. 또 마산시민들이 우연한 만남을 기원하기 위해 매년 고개에서 벌이는 '만날제'가 생긴 연원이 된 전설이다. 지금도 마산 사람들에게 매년 추석 명절 직후에 열리는 만날제는 우연한 만남을 기대하는 매개가 된다. 약속하지 않은 만남, 내심 기대하지만 겉으로 드러내지 못하던 만남을 성사시키는 곳이다.

음력 팔월 보름. 그러니까 추석 명절에 맞춰지는 이 행사 때 만날고개를 찾으면 몰래 사람이 그리운 사람들을 만나게 된다. 어떤가 시기를 맞춰 걸어서 만날고개에 한번 올라보시는 것이.

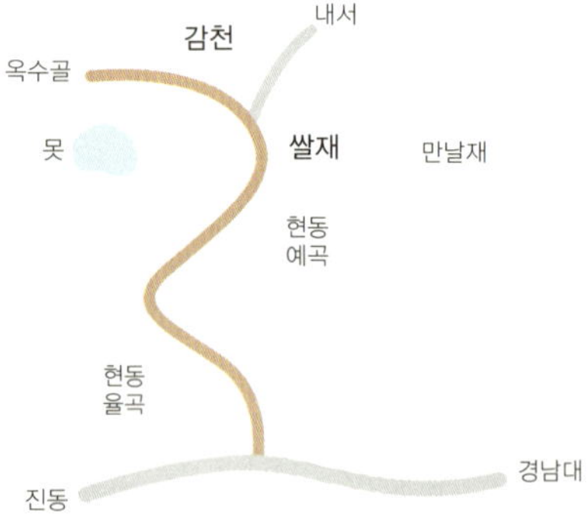

진동 선두에서 진전 율티까지

마산시 진동면 선두마을에서 진전 율티까지 가는 길은 산길과 바닷길, 갯벌까지 한 세트다. 선두까지 가는 버스에서 내려 산길로 율티까지 갔다가 바닷길로 다시 돌아온다. 율티 가는 버스가 더욱 많기 때문에 반대쪽으로 걷는 것은 더욱 쉽다. 인적이 드물다는 것, 선두 방향에서 산길 입구 약간의 개 사육장을 지나야 한다는 것이 이 길의 단점이다. 개는 묶여 있지만 그 옆을 지날 때 놈들은 소리 내어 제 역할을 다한다. 하지만 이로 인해 그 뒤 만나게 될 산길은 더욱 푸근하다.

숲길에서 바닷길을 내려다본다

선두에 들어서기 전, 시내버스는 신기 고현 등을 지났다. 버스는 점점 바다 근처로 다가왔다. 버스가 서는 마을마다 차 안으로 갯내음을 물씬 불어넣었다. 사람들 모습은 그 냄새보다 더 비릿했다. 구석구석 미더덕 껍데기를 까고 있었다. 갓 따온 미역을 곳곳에서 늘어놓고 있었다. 바다 구경을 하기에 이만한 곳이 없다. 어촌 사람들 만나기에 이만한 곳이 없다.

선두에서 율티 넘어가는 산길에서는 소나무 숲 사이 바닷길이 내려다보인다. 짙은 녹색의 소나무와 빛이 반사된 듯 더욱 하얀 콘크리트 바닷길, 그 뒤 눈이 시리도록 파란 바닷물이 제각각 색깔의 향연을 펼친다.

산길에는 간혹 차가 지나갈 뿐 고요하기 그지없다. 이 고개가 진동에서 진전으로 관할 면이 바뀌는 경계가 된다. 길 입구에 식당이 있지만 인적 드문 이곳 분위기처럼 썰렁하다. 산길은 걸어서 10분으로 길지 않다.

산길 끝 율티마을 닿기 전에 작은 크기의 공업단지가 있다. 선두로 돌아오는 바닷길은 산길이 끝나는 지점의 공장 옆에서 바로 찾는다. 황량한 공단 사이를 헤맬 이유가 없다. 공장 끝에는 막 떨어질 한 줄기 햇살처럼 한 가닥 바닷길이 열려있다.

어울리지 않는 콘크리트길 옆에 수만 년 바닷물에 시달렸을 해안 암벽이 층층이 절경을 이뤘다. 바닷물이 아닌 콘크리트에 파묻힌 암벽이 안쓰럽다. 다만 한 가지, 곧 떨어질 햇살을 반사한 콘크리트 옆 암벽의 분위기는 신비하다.

기가 막힌 암벽의 굽이를 돌아서면 바닷길은 훤하게 뚫린다. 한 굽이 또 한 굽이, 새하얀 콘크리트길이 정갈하게 느껴질 지경이다. 그렇게 느껴지는 데는 맑은 날씨 속에 한없이 파란 하늘과 바닷물 색깔이 작용한다. 바다를 바라보는 눈은 더욱 시리고, 코끝은 점점 빨개진다.

율티 선두 산책로

미더덕을 까는 선두마을 주민들

그 순간 함께 걷는 사람의 눈속에 물방울 맺힌 걸 볼 수 있을 것이다. 무슨 이유에서든. 실험해 보라!

그러나 날씨만큼 차가운 머리로 이 길을 바라보면 뭔가 걸리는 게 있다. 계단식 암벽이나 갯벌 같은 자연의 해안이 콘크리트 더미에 여지없이 잡아먹혔기 때문이다. 시멘트로 밀어 부쳐진 길로 그나마 산책을 하고 있다지만 그 횡포에 답답해지는 건 할 수 없다. 지금도 같은 형태의 해안도로가 이곳 저곳 수도 없이 만들어지고 있다. 사람의 눈요기를 위해서. 그러나 조금이라도 앞선 사례를 찾아보면 실수를 반복하지 않을 수 있다. 그곳에서 해안을 바로 덮은 도로는 찾을 수 없다.

선두로 다시 돌아오는 길

두 굽이를 돌아 처음 버스에서 내렸던 선두마을이 보일 즈음 콘크리트 바닷길은 끝난다. 거기서 선두로 이어지는 길을 찾으려면 갯벌을 가로질러야 한다. 번거롭지만 '차라리 잘 됐다' 싶다. 눈에 거슬렸던 인공에서 벗어나는 것이다. 갯벌 사이로 한 발 두 발 옮길 때에는 물방울이 보글거리며 올라온다. 물방울은 이제 막 떨어지며 안간힘을 다하는 햇살에 반짝거린다. 그 즈음 다시 개 짖는 소리가 고즈넉한 분위기를 깬다. 정신을 차리고 관문을 빠져나가야 한다.

양쪽에서 이 길을 걸을 수 있다. 진동면 선두에서 시작하거나 반대쪽 진전면 율티에서 걸어 들어온다. 선두마을까지는 마산역에서 출발하는 버스가 따로 있고, 그보다 많은 횟수로 진동면 소재지에서 갈아탈 수 있는 버스가 있다. 신기마을 입구로 죄회전해 죽전 고현 등을 거치는 시내버스 드라이브를 추천할 만하다. 역시 진전 율티 쪽으로 별도의 버스가 간다.

● 찾아가는 길

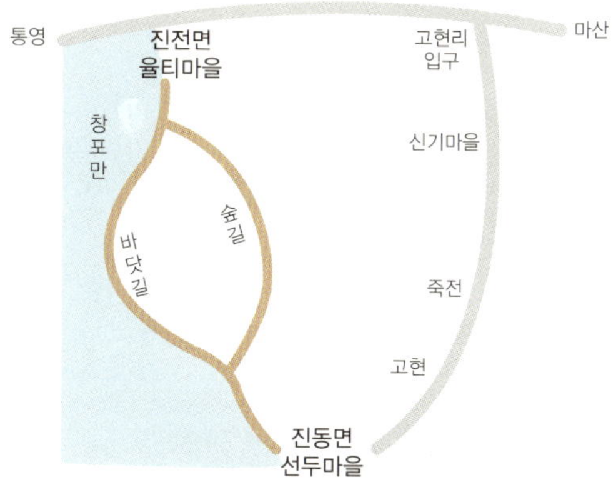

의령 가례면 갑을마을

– 자굴산 명경대에서 남명 조식

마을 안길을 거쳐 뒷산으로

날개의 길이만 삼천 리가 된다는 붕새는 단번에 구만 리를 날았다. 그런 붕새가 갑을마을을 품고 있는 자굴산 자락에서 한순간 날개를 접었다고 한다. 삼천 리나 되는 날개를 쉬게 할만한 푸근한 숲이 있었을까. 아니면 넙디 넓은 들판이 마을 앞에 있었을까.

의령 갑을마을은 이레저레 충격적이다. 가례면의 외딴 지방도 끝에 거짓말처럼 나타난 들판이 우선 그랬다. 너르기가 한정 없었다. 700~800m 고지로 병풍처럼 둘러쳐진 자굴산 한우산 줄기는 마을을 더욱 돋보이게 했다. 기세등등한 산자락과 그 아래 드넓은 들판, 한가운데 소담하게 갑을마을이 앉아 있다. 붕새가 날개를 접었던 곳이다.

그리고 또 다른 충격. 그건 좋지 않은 것이었다. 마을 뒤쪽 자굴산의 지금 모양이 그랬다. "회를 쳤다"는 표현이 딱 맞다. 산악 관광도로 공

가례면 갑을마을 전경

도로가 자굴산 배를 갈랐다.

사로 인해 자굴산은 가슴 양쪽으로 길고 굵다란 칼자국이 새겨졌다. 가
례에서 자굴산 쇠목재 넘어 칠곡까지 그 흔적은 이어진다. 그 모습을
보기가 버겁지만 엄연한 사실을 감수하지 않을 수 없다. 일단 걸어보는
수밖에.

마을길부터 걷는다

길은 마을 안쪽과 뒤쪽 선산을 겸한 잔디 만당, 자굴산 중턱으로 오
르는 완만한 산길로 이루어진다. 어느 하나라도 놓치면 "갑을 길을 다
걸었다" 할 수 없다. 마을이면 마을대로, 만당이면 만당대로 너르고 푸

근한 품을 보여준다. 또 자굴산 중턱에서 바라보는 마을과 들판을 보면 전체의 윤곽을 가늠한다. 골짝 골짝을 타고 들어와 생각지 않았던 평원을 바라보는 기분은 사막 속 오아시스와 비슷할까.

이 세상에서 '갑'과 '을'은 불평등한 관계의 대명사이긴 하다. 권리나 계약 관계에서 갑은 휘두르고, 을은 휘둘린다. 그러나 갑을이 함께 쓰일 때는 '모두'를 뜻하게 된다. '병'이니 '정'이니 두루 표시하지 않아도 '갑남을녀' 하면 모든 사람을 나타낸다. 기울거나 비워지지 않았다는 뜻의 갑을마을 예전 이름이 '쇠목'이란다. 소의 모가지, 그 큰 덩치를 좌우하는 존재가 이 마을의 가치였다는 것이다.

점점 더 좁아지는 길은 마을을 돌기도 하고 가로지르기도 한다. 그리고는 끄트머리에서 완만하게 산길로 이어진다. 그렇게 넉넉한 길의 모양에서 새삼 '갑을'의 의미를 읽는다. 너, 나 구분하지 않는 갑남을녀의 평등함을 알아차린다.

관광도로인지, 재해도로인지

마을 회관 한쪽 방에 할아버지들이, 또 한쪽엔 할머니들이 옹송옹송 모였다. 산자락의 높이만큼, 들판의 넓이만큼 사람 수가 많았다. 정종태 이장이 마을의 옛 기운을 전했다. "명당이야. 앞으로 물길과 맞닿진 못했지만 양쪽 산줄기가 만나는 곳 아입니꺼. 쇠목이니 갑을이니, 다 한몫 한다는 이름이거든" 마을 뒤 잔디 만당에 대해서도 물었다. "정씨 선산입니더. 심은 게 아니고 다 자연잔디야. 오래 됐지예" 유서 깊은 마을이라는 이야기였다.

마을길을 걸으면 작은 골목으로 통하는 돌담을 볼 수 있다. 필요한 곳에서 자연스럽게 돌아가는 돌담의 굽이는 기가 막히다. 각진 돌도 원을 그리듯 돌아갔다. 건들건들 걸으면 마을 뒤 잔디만당에 닿는다. 누런 잔디는 한올한올 부드럽게 숨을 죽였다. 눈을 밟는 듯, 담요를 밟는 듯 하다. 그리고 곧장 이어지는 감나무 밤나무 산길. 경사가 급해지긴 하지만 걷기에 어렵지 않다. 문제는 그 다음이다.

산길이 자락산 중턱과 만나는 곳에 참혹한 난도질 현장이 있다. 칠곡면 외조리에서 가례면 개승리까지 13㎞ 길이로, 2000년 공사가 시작돼 2006년 말까지 계속된다. 국비로 충당된 총 공사금액은 272억원으로 도가 시행하고 있는 이 공사가 과연 관광을 목적으로 한 것인지, 자연을 파괴해 재해를 부르자는 뜻인지 혼란스런 현장이다. 정종태 이장의 말이 일단을 전한다.

"공사 전에는 주민들이 무식해서 찬성했지예 뭐! 지금은 후회막급 아입니꺼. 이게 홍수가 나면 물길이 한데 모여 내려와요. 이 상태에서 3년 전 매미 같은 게 오면 무슨 일이 벌어질지 모르는 거지"

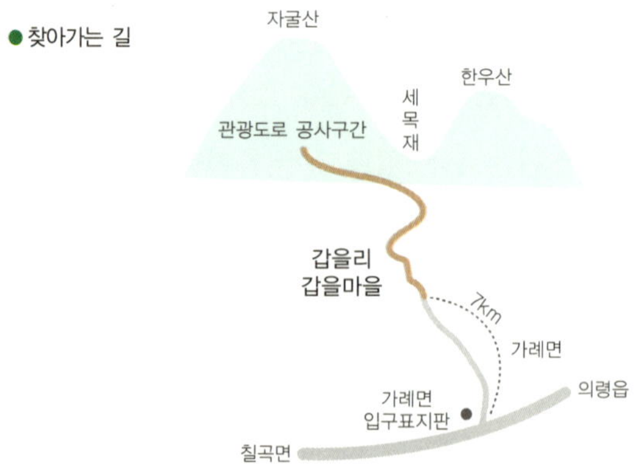

산청 유의태 약수터 길

심장병 수술을 받은 후 걷기 운동을 통해 아스피린 한 알로 하루를 버틸 정도로 심장기능이 호전된 아일랜드의 벤 말론 씨, 교통사고로 다리를 절단한 후 걷기 운동을 거듭해 장애인올림픽 멀리뛰기 부문 금메달을 딴 스위스의 콜리 씨, 하루도 거르지 않는 걷기로 체력과 정신력을유지하는 백수(百壽)의 전남 보성 이성수 할아버지.

– KBS '생로병사의 비밀' 이재혁 PD

약초꾼들이 걷던 길

동의보감의 저자 허준의 일대기를 다룬 드라마 '허준'이 몇 년 전 공전의 인기몰이를 했다. 이와 함께 극중 허준의 스승으로 설정된 '유의태'의 실존 여부에 대한 논쟁도 함께 있었다. 과연 허준이 산청에서 어린 시절을 보내며 이곳 사람 유의태를 만났는지, 유의태가 제자를 위해 자신의 몸을 해부하라고 한 것이 사실인지 설왕설래했다. 산청군 금서면 화계리의 '왕산'에 가면 그 의문을 해결할 단초가 있다.

화계리의 '왕산(王山)'은 옛 가락국의 10대 구형왕의 능과 영전이 이곳에 있다는 데서 붙여진 이름이다. 화계에서 덕양전을 찾고, 그 위

약수터 입구에서 본 산청 화계리

로 10분을 걸으면 석축의 '傳 구형왕릉'을 찾을 수 있다. '구형왕의 능
으로 전해진다'는 의미이다. 나라를 신라에 넘긴 가락국의 마지막 왕
인 구형왕과 김유신이 함께 활쏘기를 했다는 '사대'가 왕산에 있다.
왕릉에서 '유의태 약수터 길'이 시작된다. 그곳 들머리에 이렇게 씌어
있다.

"산청군 신안면 하정리 상정(옛 산음현 정대)에서 유의태가 출생했
다. 당대 제일의 신의로, 또 허준의 스승으로 알려진 그는 자신의 몸을
해부용으로 바쳐 해부학의 효시를 이뤘다." 이는 드라마 '허준'의 내용
과 같다.

사실 여부는 일단 뒤에 따지기로 한다. 그렇게 상상하며 길을 걷는

것이다. 그러면 '왜 그런 이야기가 생겼는지' 궁금해진다. 산청 지리산은 글자 그대로 '영산' 으로 예로부터 약재와 약수가 유명했다. 대표적인 곳이 지리산 자락인 이곳 왕산이다. 왕산 약수에 대한 묘사는 그 명성의 일단을 전한다.

길 따라 천인수 흐르고

"유의태는 자신이 고치지 못하는 병을 왕산의 약수인 千蚓水(천 년 묵은 시신의 해골에 고인 물)를 먹여 고쳤다. 그중 여름에 차고 겨울에 따뜻한 寒天水로 반위(위암)를 다스렸다. 왕산의 약재에 탕액으로 썼던 이 물은 서쪽에서 나 동쪽으로 흘렀다."

길은 걸어서 넉넉히 한 시간이면 왔다 갔다 한다. 약수터 산책길은 두어 시간 전부터 내리기 시작한 눈으로 소복하다. 옛 사람들이 약재를 옮겼을 법한 좁고 가파른 산길로 올라가 넓게 포장된 전망로로 내려오는 것이 좋다. 오르는 길에 애를 쓰면 내려오는 길의 시원한 화계리 전망이 보답한다.

그렇게 많은 약재를 옮겼던 길이라 하니 산길에 늘린 나무 한 그루 풀 한 포기도 예사로워 보이지 않는다. 거기다 오늘은 세상이 온통 눈으로 덮였다. 종달새 푸드덕 날자 소나무 잎사귀 위 눈송이가 후드득 떨어졌다. 약수터 300m 전까지 넓은 포장길이 계속되다 길은 돌계단으로 바뀐다. 이윽고 약수터. 천인수를 뜨기 위해 유의태는 한 달에도 몇 번씩 이 길을 왔다 갔다 했단다.

약수를 한 바가지 마시면서 유의태에 대한 또 다른 주장을 띠어 올린다. 실재로는 유의태가 허준보다 150년 뒤인 숙종 때 활약했으며, 경상남도 일원에서 명의로 소문났던 실명 '유이태'라는 주장이 강하다. 서울대 국사학과에서 박사 학위를 받은 김호 씨는 학위논문 '동의보감 편찬의 역사적 배경과 의학론'에서 "허준과 유의태의 관계는 근거가 없다"고 주장한다.

둘 중 하나는 거짓

그의 학위논문 내용은 계속 된다.

"유의태는 18세기 후반 숙종 연간에 살다 간 인물로 마진편이라는 홍역 전문 치료서를 만든 지방 의사다. 의병장의 후손인 그는 산청과 진주, 합천, 거창 등지에서 많은 사람을 질병의 고통에서 구해낸 신의로 명성이 자자했다."

이 주장을 갖고 다시 산청군 금서면 면사무소와 한약재를 취급하는 관계자에게 되물었다. 그는 일단 "유의태와 유이태는 다른 사람이다. 그렇지만 근거를 알고 있지 못하다"고 말했다. "확실한 건 유의태가 명의였다는 사실이다"는 이야기가 그의 결론이었다.

결과적으로 소설 동의보감과 이를 바탕으로 만든 드라마 내용을 근거로 약수터 길의 유의태 설명문을 만든 것에는 문제가 있다. 그렇다고 유의태 약수터 길 자체가 부정되는 것은 아닌 만큼 '허준과의 관계' 부분은 재고돼야 할 것 같다.

약수터 가는 눈길

유의태 약수터

이랬든 저랬든 왕산 약수터 길은 좁은 계곡만큼이나 유유히 흐르고
있다.

창원 동읍 곡목마을 안길

그런데 무엇이 나를 매일 저녁 그렇게 쏘다니게 했을까? 한마디로 말할 수는 없지만 그 오밀조밀한 골목길과 빈약한 주택에는 분명히 나를 유인하는 뭔가가 있었다. 익숙한 세계, 익숙한 마을에서 전혀 새로운 세계와 마을과 풍경을 발견했던 것이다. 매일 저녁 산책을 나갈 때마다 나는 전혀 미지의 세계로 여행을 떠나는 사람처럼 기대와 흥분에 젖어 있었다. 그 빈약한 마을과 골목은 한 번도 내 기대를 배반하지 않았다.

– 송영의 『길 위에서의 생각』 중.

창원의 원심력이 미치지 못하는 골목과 마을

창원의 원심력은 여전히 기업과 성장, 개발 쪽에서 작용한다. 갈 길 바쁜 마당에 고장의 옛 명물이니 명소를 눈여겨볼 리 없다. 기업 유치와 상권 개발, 그에 따른 인구 유입에 쏠린 관심으로 몇몇 창원의 짭짤한 명물은 관심을 불러일으키지 못한다. 동읍의 낙동강 경관과 그 길목에 있는 시골 촌락의 구수한 골목길이 그렇다. 곡목마을 안 길은 그 중의 하나다.

곡목마을 주민들은 마을 정경이 알려지기를 원치 않았다. 어찌된 일인지 호수나 들판, 골목 같은 마을 주변의 특별한 경관을 주민들조차 별스럽지 않게 생각했다. 예를 들어 마을 안 서원과 서당, 재실 등 10채가 넘는 옛 기와집에 대해서는 "몇백 년 전부터 있던 건데예, 뭐"하며 더 이상 말을 잇지 않았다. 마을 골목과 집 사이 절묘한 감나무 밭은 "그건 구경거리가 아이라 여기 사람들 밥줄 아이요"라며 오히려 타박했다.

주민들의 무관심은 차라리 구수한 멋이 있다. 처음부터 그랬다. 동읍 덕산에서 주남저수지 입구를 그냥 지나쳐 북면, 창녕 쪽으로 직진한다. 저수지 둘레를 따라 도는 찻길이 시원하다고 느끼는 것도 잠시 왼쪽에 곡목마을 입구를 찾을 수 있다. 입구에 유허비(遺墟碑) 유행비(遺行碑) 류의 비석이 다섯이나 있다. 곧 만난 주민에게 물었더니 "이조 때 내려진 충절비 효자비 같은 거야. 왜 딴 데도 많이 있잖아" 했다.

마을 앞 당산나무의 기묘한 모습을 보고도 이름과 수령을 짐작하지 못해 쩔쩔맬 때도 주민은 우습다는 듯 팔십 노인은 간단히 말했다. "포구나무 아잉가. 삼백 년 넘었다는데 실제 그런지 잘 모르겠소" 포구나무에서 마을 쪽으로 바라보면 어디로 걸을지 쉽게 판단된다. 김해 김씨의 종중 재실 '소금당(溯琴堂)' 기와건물을 따라 왼쪽으로 돌아가는 돌담길이 독특하다.

"주민들 손발이지, 구경거리야?"

주민들 반응이 시큰둥하다 해서 서당, 재실에 유행비, 감나무 포구

곡목마을

곡목입구 포구

나무 같은 것들이 시원찮을 것이라 생각해서는 곤란하다. 마을과 골목, 그리고 이런 요소들이 적절히 섞인 마을 정경은 아늑하기 그지없다. 오히려 한 번씩 구경오는 사람들이 감탄하는 것들이 주민들에게는 당연히 있어야 할 손발 같은 존재들이라 아예 생각하는 기준이 다른 것 같았다.

동읍 화양리 곡목마을은 약 500년 전 김해 김씨 집성촌으로 형성됐다 한다. 소금당을 비롯해 재실 두 곳에 서원과 서당 건물이 지금까지 보존될 정도로 마을의 얼이 지금까지 전해지는 곳이다. 대부분 문이 닫혀 있지 않으니, 어느 기와집이든 안으로 들어가 보라. 안채와 바깥채 기둥 곳곳에 휘호가 늘렸다.

곡목마을

　서원 서당을 돌아 마을 맨 위쪽에 섰다. 멀리 주남저수지가 마치 바다처럼 펼쳐졌다. 마을의 배열은 재미있다. 물론 돌담의 골목과 기와 혹은 슬레이트집이 배열의 뼈대가 된다. 그런데 그 사이 사이 집이 들어설 자리에 감나무밭이 계단식으로 자리를 잡았다. 마을 안에는 이 순서가 두어 번 반복된다. 마을 속 감나무밭인지, 감나무농장 속 마을인지 헷갈린다. 그 배열 위에 저수지가 얹혔으니 제법 볼 만한 풍경이 된다.

　겨울날 시골에서 사람을 찾으려면 마을회관에 들르면 된다. 곡목 마을회관에는 할아버지 할머니들이 화투판을 벌이고 있다. 기자가 들어서니 "오데 순사 아이요?" 했다. "그래 보입니까?" 했더니 "사진 찍어 가소. 쩜에 백 원밖에 안 돼요" 했다.

100년도 더 된 돌담골목

그렇게 어렵지 않게 어르신네들 화투판에 끼여들었다. 서원 서당 재실의 이름에다, 마을 주민들의 성씨, 호수 같은 기본적인 설명을 들었다. 특히 마을 어귀에서 왼쪽으로 돌아가는 소금당 돌담길의 운치에 대해서도 여쭸다.

"거기 다 100년도 더 된 돌담 아이요. 참말로 어떻게 쌓았는지, 여 있는 사람들 중에 그 담 쌓을 때 살았던 사람이 없어. 몰라도 그 재실만큼이나 역사가 오래 된 돌담 아잉가 싶으네."

그렇게 두런두런 마을 이야기를 해주시던 할아버지 한 분은 화투 칠 순서를 기다리다 못한 바로 옆 할머니한테 그만 된소리를 들었다. "뭐 하노, 안 치고!" 그래도 젊었을 적에는 남녀가 자리를 구별했을 법도 한데, 지금은 마을회관에서 남녀는 물론 열 살 아래위도 모두 친구다.

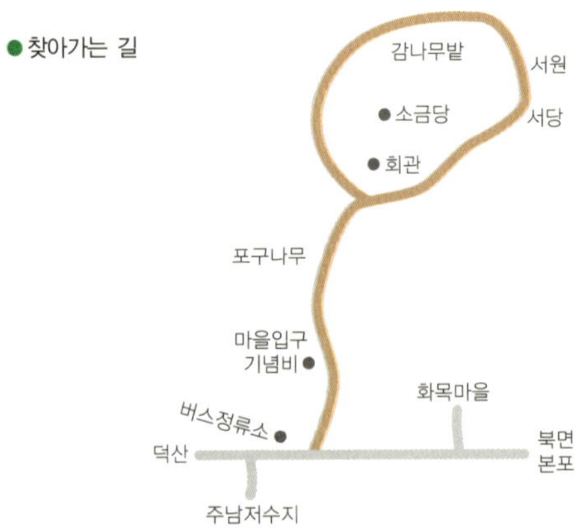

하동 평사리 고소성

섬진강을 따라가며 보라/ 퍼가도 퍼가도 전라도 실핏줄 같은/ 개울물들
이 끊기지 않고 모여 흐르며/ 해 저물면 저무는/ 강변에/ 쌀밥 같은 토끼
풀꽃,/ 숯불 같은 자운영꽃 머리에 이어주며/ 지도에도 없는 동네 강변/
식물도감에도 없는/ 풀에/ 어둠을 끌어다 주이며/ 그을린 이마 훤하게/
꽃등도 달아준다

– 김용택의 '섬진강 1'

고소성에 올라 무디미들과 강을 본다

그렇게 지리산 무딘 허리를 돌아가는 섬진강. 하동 땅은 지리산을
등지고, 섬진강을 껴안고 있다. 그래서 천혜의 땅이 된다. 섬진강 길 어
느 곳을 가나 지리산을 벗어나지 않는다. 지리산 길 어느 길을 오르나
멀리 섬진강을 바라보지 않는 곳이 없다. 하동 악양 땅 평사리를 무대
로 『토지』를 쓴 소설가 박경리는 정작 작품을 완성하고 나서야 이 땅을
처음 밟았다.

생각할수록 그의 상상은 기가 막힌다. 그가 한 번도 가보지 않고 그
린 평사리는 그림 그대로 펼쳐져 있다. 서희가 평생을 걸어 되찾은 무

평사리 무디미들

디미 들판은 그럴 만큼 광활하다. 삼십 리 읍내길 옆으로 흐르던 섬진 강도 작품의 표현대로 유장하다. 세트장으로 만들어진 평사리 최참판 댁은 실제로 그런 일이 있었다는 듯 시침을 뚝 떼고 있다.

하동읍에서 10분을 차로 달리면 평사리 들판이 펼쳐진다. 들판 가운데 노송은 '여가 무디미 아이가!' 하는 듯 서 있다. 들판 위 평사리 가는 길은 오른쪽이다. 마을이 훤히 보이는 곳에 '최참판댁 가는 길' 과 '고소성 가는 길' 이 갈린다. 고소성 중턱 한산사까지는 걸어서 20분이다. 한산사에서 고소성 정상까지 30분을 더 걸어야 하니 페이스를 조절한다.

길을 오를수록 뒤로 보이는 들판이 훤해진다. 한 발 두 발 뗄수록 들판의 평수는 성큼성큼 넓어진다. 평사리 마을도, 최참판댁도 한눈에 들어온다. 들판과 마을, 마을과 성을 연결하는 여러 갈래 길도 지도 위처럼 선명하다. 이름이 쓸쓸한 한산사(寒山寺)에서 포장길로 곧장 가면 신선대, 오른쪽 산길은 고소성 오르는 길이다.

'바삭바삭' 오솔길 펼쳐지고

1㎞ 가까운 산길에는 나뭇잎이 소복이 쌓여 '바삭바삭' 소리를 낸다. 나뭇잎 사이로 가끔씩 보이는 도토리가 다람쥐가 달리듯 '쪼로로록' 굴렀다. 아까 봤던 들판이 눈에 아른거려 힐끔힐끔 뒤를 쳐다본다. 숲이 깊어지면서 훤했던 전망은 사라졌다. 10분, 20분, 목덜미에 땀이 찬다. 적당히 쉬어 갔으면 하는 지점에 세 갈래의 갈림길이 나타난다. 왼쪽 외석문 바윗길은 10m도 가지 않아 그 형상을 볼 수 있다. 오른쪽

고소성

아래가 신선대길, 윗길이 고소성이다. 해발 350m 지점에 대가야 때 만들어졌다는 고소성이 '떡허니' 버티고 있다.

길이 800m의 고소성은 성곽의 두께가 3m를 넘길 만큼 우람하다. 동북쪽 지리산 줄기에서 시작해 서남쪽 섬진강이 한눈에 들어오는 지점까지 이어졌다. '일본서기'에 "고령 대가야가 백제의 진출에 대비해 성을 쌓았다는 기록이 있다"고 소개됐다. 성곽 주변을 이곳저곳 훑은 뒤에야 천천히 성곽 위로 오른다. 마지막 발을 떼면서 살짝 눈을 감는다.

"아…" 말문이 막힌다. 눈이 시리다. 말없이 10분을 그냥 섰을 수도 있으리라. 거대한 용의 등짝처럼 방향을 튼 성곽 끝에 섬진강이 있다. 강줄기를 오른팔에 꿰찬 무디미들은 시야가 넓어진 만큼 광활하다. 평

평사리 메밀

사리마을이 보이지 않다 한들 아쉽지 않다. 여기는 적군을 막았던 성이었던가, 유람터였던가. 땀 흘려 오른 보람은 달디단 열매가 되어 돌아온다.

고소성의 대서사

100년의 시간을 25권에 풀어놓은 대서사. 성곽에서 바라보는 들판과 강은 소설 토지의 '서사'를 연상하게 한다. 보지 않고 작가는 그 정신을 담았다. 보았다면 어떻게 됐을까. 소설을 마무리한 마당에 사실의 힘을 주장한들 의미가 없다. 상상의 힘으로 충분한 서사를 그려냈기 때문이다.

평사리까지는 하동읍 시외버스정류소에서 군내버스가 자주 있다. 구례 가는 시외버스가 평사리나 악양면 면소재지를 거쳐가기도 한다. 자전거 여행은 어떨까 싶다. 더 멀리, 더 자세하게 볼 수 있다. 섬진강 굽이굽이를, 지리산 허리마다의 휘임을 함께 느끼는 것이다.

고소성에서 내려오는 길에 평사리 최참판 댁에 들렀다. 최참판이 한때 있어 토지라는 소설이 생겨난 것인지 혼란스럴 정도로 소설 속 가공 인물과 대저택은 100년 200년 역사를 거슬러 존재한 듯 하다. 참판댁 주변으로 동네를 한 바퀴 도는 길은 전통촌락의 돌담 흙담과 함께 정겹기 그지 없다.

출출한 속에 식사는 섬진강 강변에서 하도록 한다. 하동읍에서부터 악양면까지 섬진강 강변을 따라 명물인 '재첩국' '참게장정식' '은어 횟집' 등이 줄을 잇는다. 허리띠 풀고, 마음도 풀고 드시라.

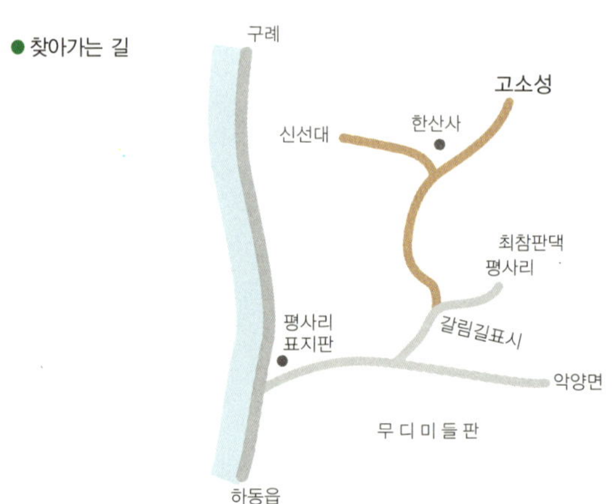